边角料书系

严家炎忆师友

严家炎 著

团结出版社

© 团结出版社，2024 年

图书在版编目（ＣＩＰ）数据

　严家炎忆师友 / 严家炎著 . -- 北京 : 团结出版社，
2024.8
　ISBN 978-7-5234-1040-0

　Ⅰ . I251

　中国国家版本馆 CIP 数据核字第 2024HY5660 号

策　　划：张振胜
责任编辑：刘宝静
封面设计：阳洪燕

出　版：团结出版社
　　　　　（北京市东城区东皇城根南街 84 号 邮编：100006）
电　话：（010）65228880 65244790（出版社）
　　　　　（010）65238766 85113874 65133603（发行部）
　　　　　（010）65133603（邮购）
网　址：http://www.tjpress.com
E-mail：zb65244790@vip.163.com
经　销：全国新华书店
印　装：三河市东方印刷有限公司

开　本：130mm×210mm　32 开
印　张：6.75　　　　　　　字　数：130 千字
版　次：2024 年 8 月 第 1 版　印　次：2024 年 8 月 第 1 次印刷

书　号：978-7-5234-1040-0
定　价：58.00 元
　　　　（版权所属，盗版必究）

目录

辑一 忆师

在我记忆中的慧修师

又是一年春草绿，转眼已近世纪之交。人们正筹庆新中国五十岁生日和澳门回归，同时也迎来了杨晦师百周年诞辰。乘此机会，我要写点十几年来多次想写却一直未能如愿的文字，表达对他老人家的怀念。

1956年，我在全国"向科学进军"的号角声中，和王世德、胡经之等一起考进北京大学中文系，当了第一届也是最末一届文艺理论副博士研究生，导师就是杨晦先生（别号慧修）和钱学熙先生。

由于当年9月来不及入学，我们真正进入北大，已是1957年2月初。经之是本校毕业生，他陪同我和世德未经预约就到老师燕东园家中作首次拜谒。走到博雅塔下，未名湖边，却迎面遇见了杨先生。那还是春寒料峭的时节，西北风依然强劲，湖面仍结着冰，杨先生戴着皮帽，穿着御冬寒衣，正赶往中文系所在的文史楼去开会。在经之的引见下，身兼系主任的杨先生，匆忙而又热情地和我们每人握了手，又表示了歉意，约好第二天再到他家中会面。先生那时大约才五十七八岁，比我们现在还要年轻，可不知为什么，我在第一眼注视中，却从他多少带点斑白的胡子上，觉得先生已经好老、好老了，不由得从心里增长着对他的敬意。

不久，两位导师给我们开列了古今中外数百种必读书目，既包括许多文艺理论著作，也有大量的文学作品。中国的，从《诗经》《楚辞》《论语》《庄子》开始，直到鲁迅。西方的，从荷马史诗、柏拉图、亚里士多德起，直到高尔基，其中也包括新旧约《圣经》。杨先生还当面规定：读《诗经》，必须把三百零五首诗的正文连同毛氏传疏和朱熹的注释，认真钻研，并选取精到的释文逐字逐句抄录下来，不能只读余冠英的《诗经选》。他强调，做研究工作必须亲自接触原始资料，而不能主要依靠第二、第三手材料，不能偷懒走"捷径"。他声言：他要检查我们的读书笔记。

我们三人中，经之在大学本科时就接受过训练，也许对杨先生的要求比较适应。我和世德却是从实际工作岗位上来到学校的，都有点急于求成的思想，对杨先生要我们从头学起、系统占有知识、"逐字逐句抄录"的规定很不习惯。尤其是我，在铜矿工作时每天、每月、每季、每年都和数万职工同享着完成了生产任务的欢欣，也承担着完不成国家任务的压力，到了学校，忽然在明窗净几的环境下读书，常常产生自己仿佛从火热的战线上退下来当了逃兵的感觉，内心受到谴责。虽然一边遵照杨先生的要求"逐字逐句抄录",另一边却时时觉得不是滋味。

而且,我们那时接受着社会上主流风气的影响,看重为现实服务,愿意"在战斗中成长"。我早就佩服电影《武训传》批判中较早站出来的杨耳和《红楼梦》研究批判中打响第一枪的李希凡、蓝翎,觉得他们思想敏锐,有战斗性,善于发现问题,因而把他们看作自己的榜样。我们缺少扎扎实实做学问的思想准备。异常和善慈祥的杨先生,对我们进行了耐心的教育。他经常说:"你们做学问必须认定自己的远大目标,譬如登泰山,就一心要朝南天门、玉皇顶上走,不应该老是被沿路的闲花野草迷住,不应该中途一再停顿。"在我们听起来,杨先生这番话同当时的主流声调自然不一致,于是拿出"吾爱吾师,吾尤爱真理"的架势,和杨先生争辩起来。我们往往强调年轻人应该关心现实问题,在实践中培养自己的敏感,不应该闭门读书,成为书呆子。杨先生听着我们的话,却不断地摇头笑着说:"不是不让你们为现实服务。登上泰山顶,看得远了,不是可以更好地为现实服务,发挥的战斗作用更大吗?"又说:"搞学问不能学李希凡、姚文元,不要像他们那样东放一枪,西放一枪,就算参加了战斗。"这个问题一提出来,当然又会引起更激烈的争辩,往往接连讨论两三个小时也没有结果。在当时那种社会风气和文化风气之下,我们都是些喝了迷魂汤似的青年人,任凭杨先生多么苦口婆心,说得口干舌燥,也难以完全奏效。杨先生在旧社会、旧时代曾进行过顽强不屈的斗争，他以性格耿直、"骨头硬"著称。然而奇怪的是，杨先生在孩子、在学生面前竟是显得那么婉顺耐心，从来没有对我们这些爱争辩、不听话的学生发过脾气，总是反复开导。杨先生约我们谈话的时间，上午定在九点，下午定在三点（我们戏称师生四人为"九三学社"成员），但这种谈话往往没有一次能在上午十二点、下午六点前结束，总要延到中午一点、下午七点左右，那时学校的食堂早已关门，我们三人就到东南门外的小饭馆"义和居"去吃上一顿。

杨晦先生并不善于言辞，然而他的谈话却时时显露出闪光的思想和可贵的真知灼见。他具有惊人的敏锐、准确的艺术感觉，常常发他人之所未发。像《水浒传》《三国演义》这两部小说，在过去那个独尊现实主义的年代，许多研究家都说成是现实主义的，1958年以后又有人认为是现实主义与浪漫主义相结合的。而杨晦先生，则历来认为它们是浪漫主义的。在杨先生看来，不寄托作家和民间的理想、愿望乃至幻想，武松、鲁智深、宋江、吴用、李逵、关羽、孔明、刘备、张飞、赵云，这些人物形象就塑造不出来，故事和笔墨也不会那样带着深厚的感情来展开。从我们入学的时候起，无论在课堂上，还是私下谈话中，杨先生都一再这样论述过。有一次，谈到现实主义作品，我们举到王蒙的短篇小说《组织部新来的青年人》，称赞刘世吾的形象很有现实主义的深度。杨先生立即说："不错，王蒙写刘世吾用现实主义，但写林震却用浪漫主义。"初听这话使我们一怔，仔细一想，才体会到杨先生说得颇为中肯，因为作者在林震身上确实寄托了希望和理想。杨先生的艺术触觉之所以如此敏锐和准确，这同他在 20 世纪 20、30 年代较长时期从事创作实践有密切的关系。他的剧本如《除夕》《笑的泪》《老树的荫凉下面》《庆满月》等，擅长以简约的场面、出色的口语烘托出浓郁的气氛，极具诗的素质，显然有约翰·沁孤的影响。正是这种创作实践，直接磨砺了他异常敏锐、细致的艺术触觉，在他的文艺批评中也留下了深深的烙印。

杨晦先生这种从感觉和经验出发来谈论事物的习惯，本身并不排斥理性和理论指导，有时却也给他带来祸端。新中国成立后，就我所知，杨先生受过两次批判。第一次是 1951 年知识分子思想改造运动中，他因为谈论解放区文学时用了"农民文学"字样而受到一位领导同志的公开批评。其实，杨先生是带着尊重和敬意来谈论解放区文学的，他自己是贫苦农民出身，从 20 世纪 30 年代起就学习马克思主义理论，他对解放区文学很有感情，在使用"农民文学"字样的文章中，同时也使用了"人民文学"这个概念（可参阅《中国新文艺发展的道路》一文），可见在他看来是二而一的事。而且，过了几十年回头来看解放区文学，其中也确可发现相当重的农民的思想、艺术成分，包括某些小生产意识（如《王秀鸾》）；丁玲的一些具有现代意识的作品 20 世纪 40 年代初在解放区却受到批评，这也不是偶然的事情。总之，断章取义，攻其一点、不及其余的批评方法，无论如何不是正确的方法。而杨晦先生从那次受批评后，就把精力集中在教育行政工作上，很少再写文艺理论批评文章了。

在我的印象中，1961 年前后是杨先生心情最好最舒畅的时期。那时中央在广州召开了几个座谈会，为知识分子脱去"资产阶级"帽子，冠以"劳动人民"称号，这"脱帽加冕"大大调动了知识分子的积极性。那时高教系统也总结了 1958 年以后几年工作的经验，制定了《高教六十条》，并予以落实贯彻，杨先生也衷心赞同。记得杨先生 1962 年参加《中国现代文学史》教材提纲讨论会时，心情就颇为愉快，谈笑风生。但不久全国又重新强调阶级斗争，形势为之一变。1964 年暑假，北京大学党委为了贯彻当时对知识分子和教育文化估计错误的"左"的路线，曾召集党员干部在十三陵北大分校集中学习，许多人在会上重又检查所谓右倾思想。书生气十足的杨先生却不肯随声附和，他根据《高教六十条》的精神提出异议，直接为党外人士吴小如先生辩护，认为吴先生在中文系开设"工具书使用法"等课程，立了大功，属于"劳动人民知识分子"之列。杨先生的发言被摘录在《简报》上，成为批判材料。到北大"社教"运动告一段落的次年，杨先生的发言再次在燕南园六十三号整风会议上被拿出来集中批判了十多天。杨先生在那段时期里，心情极为痛苦。有一次他对我说，他站在家中二楼阳台上"不敢朝下看"，可见他那时心中动过异常的念头。这番话使我极为震惊。当时杨先生还是中文系主任，却也有此类遭遇和心情，可见"左"的路线和思潮到"文革"前夕已猖獗到何等地步。

在将要结束这篇纪念杨先生的文章时，我想到了鲁迅的两句诗："横眉冷对千夫指，俯首甘为孺子牛。"用它来形容杨先生的一生，我以为也是很恰当的。前一句可以着重概括杨先生在旧社会几十年的斗争，后一句则可代表他在教育事业上长期的无私奉献。从对恶势力的斗争来说，杨先生的骨头无疑是最硬的；而对学生、对后辈，他在坚持教育开导的同时，又十分爱护和宽容。杨先生的一生，就体现了这两种精神、两个侧面的统一。

原载《新文学史料》2000年第一期

附录：导师杨晦、钱学熙先生为 1956 级文艺理论研究生规定的必读书目

（一）

马克思：《一八四四年经济学——哲学手稿》

马克思、恩格斯：《德意志意识形态》

恩格斯：《费尔巴哈与德国古典哲学的终结》

列宁：《唯物主义与经验批判主义》《哲学笔记》

《马克思、恩格斯论艺术》（四卷本，苏联编）

《列宁论文学艺术》（二卷本，苏联编）

《斯大林论文学与艺术》

《毛泽东论文艺》

《周恩来论文艺》

《拉法格文学论文选》

《梅林文学论文选》

普列汉诺夫：《没有地址的信》《艺术与社会生活》、《普列汉诺夫哲学著作选集》（第五卷）

《高尔基论文学》《苏联文学艺术问题》

《鲁迅论文学与艺术》（上下卷）

（二）

《诗集传》（朱熹注）

《楚辞集注》（朱熹注）

《史记选》（王伯祥选注）

《乐府诗集》

《昭明文选》

《汉魏六朝散文选》（陈中凡选注）

《汉魏六朝诗选》（余冠英选注）

《三曹诗选》（余冠英选注）

《阮步兵咏怀诗注》（黄节注）

《陶靖节集》（陶澍注）

《六朝文絜》（许梿评选）

《唐诗选》（文研所选注）

《李白诗集》（王琦注）

《杜少陵集评注》（仇兆鳌注）

《杜甫诗选》（冯至等选注）

《王维诗选》（陈贻焮选注）

《白香山集》

《唐宋传奇集》（鲁迅编）

《唐宋文举要》（高步瀛选注）

《宋词选》（胡云翼选注）

《宋诗选注》（钱锺书）

《苏轼诗选》（陈迩冬选注）

《稼轩词编年笺注》（邓广铭）

《陆游诗选》（游国恩等选注）

《古代白话小说选》（上海古籍出版社）

《元曲选》（臧晋叔）

《关汉卿戏曲集》（吴晓铃编）

王实甫：《西厢记》

高则诚：《琵琶记》

罗贯中：《三国演义》

施耐庵：《水浒全传》

吴承恩：《西游记》

汤显祖：《牡丹亭》

蒲松龄：《聊斋志异》

吴敬梓：《儒林外史》

曹雪芹：《红楼梦》

孔尚任：《桃花扇》

洪昇：《长生殿》

《近代诗选》（北大中文系编注）

李伯元：《官场现形记》

吴趼人：《二十年目睹之怪现状》

刘鹗：《老残游记》

曾朴：《孽海花》

《晚清文学丛钞》（阿英编）

《先秦文学史参考资料》《两汉文学史参考资料》、《魏晋南北朝文学史参考资料》（北大中文系编注）

《中国历代文学作品选》（朱东润）

《古诗源》（沈德潜辑）

王国维：《宋元戏曲史》

鲁迅：《中国小说史略》

刘勰：《文心雕龙》

钟嵘：《诗品》

司空图：《二十四诗品》

张戒：《岁寒堂诗话》

胡仔：《苕溪渔隐丛话》

严羽：《沧浪诗话》

王夫之：《薑斋诗话》

王士祯：《渔洋诗话》

叶燮：《原诗》

章学诚：《文史通义》

陈廷焯：《白雨斋词话》

李渔：《李笠翁曲话》

刘大櫆：《论文杂记》

王国维：《人间词话》《戏曲论文集》

郭绍虞：《中国历代文论选》《中国文学批评史》

罗根泽：《中国近代文论选》

刘大杰：《中国文学发展史》

（三）

《希腊神话和传说》（楚图南译）

荷马：《伊里亚特》《奥德赛》

《伊索寓言》

埃斯库罗斯：《悲剧二种》

索福克勒斯：《悲剧二种》

欧里庇得斯：《悲剧二种》

《阿里斯托芬喜剧集》

《圣经》

但丁：《神曲》

塞万提斯:《堂吉诃德》

《莎士比亚戏剧集》

莫里哀:《伪君子》《悭吝人》

歌德:《少年维特之烦恼》《浮士德》

席勒:《阴谋与爱情》《威廉·退尔》

《拜伦诗选》

《雪莱诗选》

雨果:《巴黎圣母院》《悲惨世界》

司汤达:《红与黑》

巴尔扎克:《欧也妮·葛朗台》《高老头》《幻灭》《农民》

福楼拜:《包法利夫人》

《莫泊桑短篇小说选》

左拉:《萌芽》

《巴黎公社诗选》

《密茨凯维支诗选》

《裴多菲诗选》

《易卜生戏剧四种》

狄更斯:《大卫·高柏菲尔》《艰难时世》

萨克雷:《名利场》

哈代:《还乡》

《萧伯纳戏剧三种》

马克·吐温:《汤姆·索亚历险记》

《惠特曼诗选》

普希金：《叶甫盖尼·奥涅金》

莱蒙托夫：《当代英雄》

果戈理：《钦差大臣》《死魂灵》

车尔尼雪夫斯基：《怎么办？》

《谢德林寓言选》

奥斯特罗夫斯基：《大雷雨》

屠格涅夫：《父与子》《罗亭》

陀思妥耶夫斯基：《穷人》《罪与罚》

托尔斯泰：《战争与和平》《安娜·卡列尼娜》《复活》

《契诃夫短篇小说选》《契诃夫戏剧集》

高尔基：《母亲》《在底层》《短篇小说集》《自传体三部曲》

马雅可夫斯基：《列宁》《好！》

绥拉菲摩维支：《铁流》

法捷耶夫：《毁灭》《青年近卫军》

《腊玛延娜》《玛哈帕拉达》

迦梨陀娑：《沙恭达罗》

《泰戈尔诗选》

《一千零一夜》

《二叶亭四迷小说集》

小林多喜二：《蟹工船》

《欧洲文学史》杨周翰主编

柏拉图：《文艺对话录》

亚里士多德：《诗学》

布瓦洛:《诗的艺术》

狄德罗:《论戏剧艺术》

莱辛:《拉奥孔》《汉堡剧评》

康德:《判断力批判》

黑格尔:《美学》

《歌德谈话录》

《别林斯基选集》

车尔尼雪夫斯基:《生活与美学》

《杜勃罗留波夫选集》

泰纳:《艺术哲学》

克罗齐:《美学原理》

伍蠡甫主编:《西方文论选》

朱光潜:《西方美学史》

（四）

（中国现代文学部分略）

"生来注定吃苦"的人

——悼丁玲

丁玲同志走了，走得那样匆忙，那样出乎我的意料，以致许多本该当面叙说的话，现在却成了她再也听不见、看不到的悼念文字。一些久远的和近年来的往事，不禁又重新浮现在我眼前。

我认识丁玲同志很晚，然而接受她的影响却很早，记得那还是上海初解放的 1949 年暑期，我们一群十五六岁的爱好文艺的高中生，自发地组织了一个学习小组，阅读、讨论《在延安文艺座谈会上的讲话》和《太阳照在桑干河上》。那两年我刚发表过一些短篇习作，创作兴致正浓。家长要我高中毕业后上大学读书，我却从这两本书中受到启发，相信有出息的文艺工作者应该到生活中去，到火热的斗争中去，于是违背家长意志，进了华东人民革命大学，一心想当土改干部。这番选择，后来实际上影响了我一生走的道路，而丁玲同志的作品，在我做出选择时就起了相当大的作用。人的一生大概会遇到不止一位引路者；丁玲对我来说是一位尚未认识却已经给予重要影响的真正的引路老师。也正因为这样，1957 年以后，每当读到批判《太阳照在桑干河上》的文章时，我心里总有一种说不出的滋味——惶惑而又反感。我想不通：一个人政治上倒下了，为什么连她过去写的好作品也非得搞臭不可呢！

1979 年在编写《中国现代文学史》第三册的过程中，我重新读了解放区一些作品，发现一个奇怪的现象：一方面，有的作品歌颂正面形象时或多或少地采用着旧的带有小生产烙印的道德标准；另一方面，有些表现小生产思想习气与现代科学文化的矛盾冲突的作品却受到误解甚至责难。这类现象引起我的思考，它像一束强光，突然照亮了丁玲《我在霞村的时候》《在医院中》那类历来有争议的小说。我终于看到：《在医院中》之所以发表不久就会遭到批评，与解放区文学所受的小生产思想习气的某种侵袭不无联系。于是，在编完教材之后，我写了《现代文学史上的一桩旧案——重评丁玲小说〈在医院中〉》。文章在《钟山》刊出后不久，我就接到厦门大学庄钟庆同志的来信，说丁玲同志在厦门读到这篇文章，颇为重视，认为我这篇文章谈到了一个连她自己也没有很好想过的问题，谈得很有道理。因此，她建议将此文收入《丁玲研究资料》中，这是我与丁玲同志间接联系的开始。

我第一次见到丁玲同志，大约是 1983 年，在作协组织的一次看电影的活动中，她邀我去聊聊，但因杂务缠身，未能如愿。

1984 年一次偶然的机会，我到木樨地看望朋友。出来时还有时间，我就按地址到了丁玲家里。陈明同志说丁玲身体不大好，躺在床上。听说我来，她还坚持起来到客厅里来。她的脸色显得黄而灰暗，我为她的健康担心，她说不要紧。闲谈间，她禁不住对当时文艺界的一些流言蜚语表示气愤。我默默无言地听着，心里想：是的，以流言整人甚至杀人，这已经是文艺界的老问题了。

这以后，丁玲同志以八十高龄之身，和许多同志一起创办《中国》文学双月刊。创刊招待会上，她兴致勃勃地讲话，希望文艺界团结奋斗，我既为她老当益壮的精神所感动，也担心她的身体是否吃得消。

1985 年春，有一次很突然，接得了陈明同志的电话，说丁玲和他现在吴组缃同志家，一会儿想看王瑶同志和我。我慌忙劝阻，说我这里是五楼，爬起来吃力得很，该我到王瑶同志家去看她。陈明同志坚决不让。不久，他们的车过来了，丁玲夫妇不顾年高，气喘吁吁地走上五楼。我和爱人都很过意不去。我爱人对丁玲同志说："您想喝点什么，请告诉我，不要客气。"丁玲笑容满面地说："你别的都不要张罗，只给我煮一杯浓浓的咖啡就很好了。"陈明补充说："她有糖尿病，不能放糖。"丁玲马上乐呵呵地说："我是生来注定吃苦的！"她送了我刚出的第一期《中国》，嘱我为刊物写稿，坐了大约半个钟头，就走了。

到 1985 年秋天，听说丁玲同志有病住院。很想去看望她，但终因忙得喘不过气，拖下来了。有一次听陈明同志在电话上说，她将很快出院了，我悬着的心稍稍放下。想等她出院后到她家里畅谈，请她谈些现代文学史的问题。不料没有多久，又听说她重新住院了。1986 年 2 月 10 日，春节第二天，我从唐弢同志家出来后，就到了首都医院外宾病房。一打听，才知她进了"特别监护室"，真吓了我一跳。恰好有两位外宾进"特别监护室"探望病重的亲属，我尾随着他们冒失地闯进了病室，见医护人员正为丁玲同志输液，她脸上浮肿得很厉害，用着氧气罩，说话除陈明同志外，别人已听不清。我心里十分难过。这间病室医护人员是严禁探视者入内的，陈明同志拉着我出来，介绍病情，说丁玲同志心、肺、肾都不好，身体极其虚弱，医生怕她激动，也怕她受细菌感染，不许人跟她说话。这样，我就更为自己的冒失感到不安，不敢再进去了。以后虽几次询问病情，却未能再有探望的机会，那一次竟是最后一面！

现在回想和丁玲同志前后七八次接触，就像发生在昨天一样，她那睿智热情的谈吐、诚挚亲切的神态、慈祥爽朗的笑容，分明浮现在我眼前，特别是她乐呵呵地说的那句"我是生来注定吃苦的！"仍在烫灼着我的心灵、我的感情，使我永远难以忘却。

科学技术再发达，大概也难以用先进设备测出丁玲这一辈子吃过的苦有多深，但人们熟悉这些基本的事实：20 世纪 30 年代初期，胡也频牺牲时，她才二十几岁，一个孩子才几个月，生活的艰难，可想而知。在那样的条件下，她却忍受住精神上的巨大悲痛，不顾血腥的白色恐怖，投身到党的怀抱。她肩负重担，主编《北斗》，以加倍的努力来承续胡也频未竟的事业。以后，敌人绑架她，囚禁她，威胁，利诱，都没能使她屈服。她依然千里迢迢奔赴陕北，奔向延安，开始了崭新的战斗生活。20 世纪 50 年代中期，她受到了一连串不公正的对待，1955 年被打成"丁陈反党小集团"的主要成员，1957 年被错划成"右派"，1958 年遭到"再批判"，被开除党籍，并下放北大荒"劳动改造"八年。"文化大革命"期间先在"牛棚"待了四年，到 1970 年又被"四人帮"关进监狱五年，直到 1979 年党的十一届三中全会之后，她二十多年的冤案才得以平反昭雪。这期间，她遍尝了多少辛酸苦涩的滋味，受了多少罪，吃过多少苦！诚然，革命者总要准备吃苦，不能自觉地吃苦的人很难成为革命者；从这个意义上说，革命者确是"生来注定吃苦"的人。然而，丁玲的许多苦却并不是非吃不可的，有很多是根本不应该吃的（直率容易遭嫉，早有古训）。恰恰在这一点上，丁玲作为革命者又经受了严峻的考验。她始终乐观，豁达，不计个人得失，对党从没有一丝一毫的抱怨，更没有丧失对革命的坚定信念。这精神，这品格，何等令人感动！丁玲的性格是苦难时代的产物，苦难可以摧毁一些人，压垮一些人，却也可以锻炼一些人，玉成一些人。丁玲同志就是苦难中锤炼出来的强者。

在文学事业上，丁玲同志的贡献是巨大的。20 世纪 20 年代末 30 年代初，她较早投入了把"五四"新文学推向新阶段的左翼文学运动。后来，她第一个把"五四"新文学反封建也包括反对小生产思想习气的传统，带进了抗日民主根据地，创作了一批真正具有现代意识的作品。在延安文艺座谈会之后，她也是最早深入群众、深入火热斗争的作家之一，从《田保霖》到《太阳照在桑干河上》就是这种创作实践的一系列成果。在各个转折时期，丁玲的创作都代表了新的方向，代表着时代前进的步伐。丁玲虽是女作家，却有男子气。她的作品既有女作家的细腻、妩媚，又有某些男作家都缺少的那种刚健强劲。丁玲是不朽的！

我常想：社会蜕变是艰难的。中国从封建、半封建社会经新民主主义革命而向社会主义跃进的过程中，要经历多少痛苦，付出多少代价！丁玲的坎坷命运和卓越成就，不正是这番蜕变的一个缩影和一种象征吗？！

丁玲同志要我为《中国》文学双月刊写稿，我被杂事缠得太苦，一直未能兑现。现在给《中国》写的第一篇，想不到竟是悼念她的文章！一想到这一点，我委实更感到难过和悲痛。

愿丁玲同志在走完人生的坎坷途程后得到安息！

1986 年 3 月
原载《中国》文学双月刊终刊号

精神上的导师

——我印象中的李何林先生

　　我认识李何林先生很晚，而读他的书、心仪于他却很早。

　　那是 1950 年夏天，我刚从吴淞中学高中毕业，违背母亲要我进正规大学的意愿，自动报考进了华东人民革命大学。离开吴淞中学之前，与中共地下组织有关系的陈紫霄老师知道我喜欢文学，特意将他心爱的一本书送给我作为临别留念，它就是李何林先生撰写的《近二十年中国文艺思潮论》。

　　我至今还保存着这本书：紫红色的书脊，素朴大方的封面，生活书店出版，重磅道林纸印制，版权页上印有"中华民国二十八年九月初版，中华民国三十七年三月胜利后第三版"字样。书的原主人显然很珍惜这本书，为它包上了坚韧的牛皮纸，扉页上题写着："送给家炎同学陈紫霄（印）50，7，11"。翻开书，迎面就可看到铜版印制的精美的"现代中国两大文艺思想家"图像：正面一幅是陶元庆画的鲁迅先生像，背面一幅则是标明"宋阳先生（1889—1934）"青年时代的照片。我那时不知道"宋阳先生"为何许人，就问陈老师，他告诉我：宋阳就是被国民党杀害的瞿秋白烈士。显然，陈紫霄老师是将这本书作为革命文艺的重要启蒙论著送给我读的。从此，这本书就伴随我度过了半个多世纪风风雨雨的日子，让我知道了"文学革命"、《新青年》、"文学研究会""创造社""语丝派""新月派""革命文学""左联""创作自由论辩""两个口号争论"等许多文学史知识，也从中感受到一切依据事实来做判断的科学方法，以及尊鲁迅为现代中国最重要文艺思想家的可贵识见，并且永远记住了那位正直可敬的作者的名字。

1956年9月，在"向科学进军"的号角声中，我考进了北京大学中文系文艺理论专业为副博士研究生。同学中有来自苏州的王世德，他和同年考进南开大学中文系中国文学史专业的副博士研究生陈鸣树是朋友。记得次年春夏之交，就在王世德的那间宿舍里，我认识了陈鸣树，听他谈到他的导师是李何林先生，以及李先生对学生既严格而又体现着慈爱的学术上的要求。这是我认识李先生本人之前第一次间接得知他为人和治学的一些情况。

孰料两年半后的1960年年初，李何林先生却因一篇三千字左右的短文——《十年来文学理论和批评上的一个小问题》，竟被当作所谓"修正主义"而在全国报刊上被公开点名批判。那时我刚在北大中文系任教一年多。有一天，突然听到层层传达下来的中宣部指示精神，才知道李先生和巴人（王任叔）两名老党员分别成了"艺术即政治"与"人性论"这类"修正主义论点"的代表人物。"人性论"是 20 世纪 20 年代末尤其自延安文艺座谈会以来一直受批判的论点，而"艺术即政治"则是周扬 1957 年在《文艺战线上的一场大辩论》中对文艺界党内外右派分子论点所做的概括。那时，《文艺报》和全国各大报刊都已开始发表批判文章。高校中文系师生则被组织起来按照报刊文章的调子进行学习和讨论。李先生的文章本身虽然结合创作实际不够，表述上也有不清楚之处，逻辑推理却还相当严密，它所强调的真实性既是作品思想性的基础，又是作品艺术性的重要条件，也是有道理的。奇怪的是，这样一篇纯学理文章，居然被当作了政治问题。而且文章原已被退稿，追回来发表乃专为批判之用。可见那时有一些人总爱无事生非，专以人为地制造"阶级斗争"为业。一般人可能经受不住这类意外的打击而失魂落魄乃至自杀，但李先生作为参加过北伐和南昌起义的老战士，尽管苦恼无奈却依然从容应对了这场风波，显示了坚强镇定的性格。

我得识李先生，已是在"文革"末期设立鲁迅研究室的前后。具体时间、场合、机缘均记不大清楚（想来应该是在一次什么会议上）。我只记得，20 世纪 60 年代初编写《中国现代文学史》时，自己曾经对台静农的短篇小说集《地之子》评价颇高，但有人提醒我说，台静农好像同托派有什么关系，须得注意，因而在我头脑中长时间留下一个问号。我知道李先生同台静农比较熟悉，有一次遇到后就大胆提出这个问题向他请教。李先生回答说，抗战时期他曾经在四川江津和台静农在一起，据他所知，台静农同托派没有关系，那种传闻是没有根据的。他认为，台静农的政治倾向一直是进步的，只是许寿裳先生在台湾遭暗杀后，静农变得更为谨慎而已。李先生这个回答，帮助我完全消除了有关台静农的疑惑，对其作品落笔时就更觉放心了。

我的第二本论文集《求实集》在北京大学出版社出版后不久，恰好碰上鲁迅研究室的王德厚先生到北大来，我就托德厚兄转送一本给李何林先生请予指正，匆忙间竟然连一封问候信都来不及写，送出后很为自己的失礼觉得不安。大约半个月之后，却意外地收到李何林先生的一封信，专门说了他对拙著《求实集》的看法。信的全文是：

家炎同志：

承赠《求实集》，谢谢！

挤时间看了一遍。开始看第一篇就觉得很好，有创见，就停不住，一直把它看完。这在我是很少有的事。真想写文介绍，以公诸同好，因时间关系现难做到。我想将会有人介绍的。

这是一本有创见的"实事求是"的书，每一篇都有创见：针对多年来一些"左"的看法，有理有据、有说服力地、心平气和地予以评论，可以算作一些问题的小结。

我未见过有类似的书，这大约是第一本吧？我只觉得对徐志摩的落后和反动说得不够。

匆上一页，向你祝贺！

并祝健好！

李何林

6月4日（1984）

李先生是比我长将近三十岁的前辈，当时他年已八十，又兼着鲁迅博物馆和北师大两方面的工作，事情那么多，我在送书时完全不敢奢望他老人家会翻阅的。不料他竟挤出时间从头到尾读完了这本不起眼的书，而且还亲笔复信，给了那么多的鼓励，真是使我十分感动。而且，《求实集》中有一篇文章还曾对李先生认为《药》中乌鸦象征革命者的说法表示了不赞同，可见他对晚辈的不同意见是采取很宽容态度的。我觉得其中体现的不仅是对我个人的情意，更体现了李先生对晚辈一贯的热情真诚的爱护——这也正是鲁迅那种"俯首甘为孺子牛"的精神。他前后写给我的三封信（包括为金宏达论文安排答辩和为万同林荐稿的信）中，实际上都贯穿着这种非常感人的平凡而又伟大的精神。

我和李何林先生接触并不很多。见面较多的，大概只是20世纪80年代初我主持《中国现代文学研究丛刊》的那几年，加在一起也仅有四五次。他在史家胡同五号的家，我只去过一次。晚年他因病入院，我去拜望过两次，先生那时已不能说话，只在听我说到过去的一些事情时，不断地流泪。但我从与李先生相处中，一开始就感到：何林先生的言行和著作，都蕴含着一股人格的魅力，显示着他的正直、坦荡、无私、无畏，显示着他的热爱生活，热爱青年，心地善良透明，永远值得尊敬。我虽然没有机会在李先生门下直接由他授业，但在我心目中，从半个世纪之前起，何林先生早已是我精神上的一位可亲的导师。

原载《鲁迅研究月刊》2005年第二期

一个初冬夜晚的经历

那是 1985 年的 11 月末，刚进入初冬季节的一个午夜。我按照平时十二点休息的习惯刚躺到床上不久，突然听到急促响起的电话铃声。深更半夜来电话，当然为了十分紧迫的事。我随手披上床头放着的外衣，急忙起身接听，电话中传来的是北大党委原组织部长兼人事处长伊敏着急的声音："告诉你一件意外的事，你们系的老先生——住在我对门的吴组缃教授昏晕过去，不省人事了，刚才他夫人过来敲门告急我才知道。据说很可能是胃出血，必须立即请大夫紧急抢救。可是他们的儿女都在外地，连一个在北京的外孙也不住这里，只有老两口自己在北大校内，所以必须靠中文系的人连夜出动才行。"放下电话，我本能地立刻想找系里管行政后勤工作的副主任耿明宏，与他商量怎样处理这件火烧眉毛的重大事情。但一看钟表，这时已是午夜零点三十五分。比我大几岁、身体又不算太好的耿明宏，此刻想必早已入睡。我想，与其把他从梦乡中叫醒而可能延误时间，不如我自己立即和校医院负责人进行联系，采取行动。恰好一年半以前要我当中文系主任时，校长办公室曾发过一份学校各单位负责人的电话簿，我就找到校医院院长王慧芳家中的电话号码，给王院长打了电话，说了年已七十七岁的吴组缃先生的紧迫病情，请求她派位大夫进行抢救，并且告诉了吴家在朗润园公寓的具体楼层和门号，明确说好我会在吴家门口等候大夫的到来（我做好了万一出现最严重的情况就需要用救护车将病人立即送往大医院的思想准备）。想不到王院长却诚恳爽朗地一下子把事情全揽到自己身上。她说：这么深更半夜的，派其他大夫出来比较困难。好在她家住承泽园，进西校门不太远，自己会立即骑自行车，携带医疗器械和药物，赶到吴先生家来抢救的。听她这么一说，我不觉肃然起敬，马上心情就稍稍放松了。于是快速穿好衣服，从中关园公寓骑上自行车，叫开北大东门，先赶到了朗润园吴先生家中。吴师母沈菽园长期做北大教职员的家属工作，很健谈，带点皖南口音，那天却显得有些急促。她说："吴先生过去就有胃溃疡病，常感不舒服。这次大便是黑中带青，我觉得不正常，就用陶盆接了一些。组缃自己总说是蔬菜吃多了，没关系的。现在却昏过去了，失掉了知觉。"她引我看了便盆，确实是深黑色的，不像一般的菜青色。这时，王慧芳院长也带着一袋器物进了大门。她认真察看了病人大便的颜色，就说："这肯定是潜血，确实有问题，昏晕就因为失血过多。"她又观察了吴先生苍白带点蜡黄的脸色，轻轻把了一会儿吴先生的脉搏，点了一下头。随即用温开水给吴先生喂服了几种可能有助于止血的药片。然后，又开始为吴先生挂起瓶来输液。这一过程很长，也很缓慢。约有一个多钟头以后，吴先生脸上的气色有些变化，苍白、蜡黄的颜色逐渐减退了。又过了二三十分钟，吴先生慢慢睁开眼睛，终于醒了过来。看到一位女大夫正为自己输液，他动着嘴唇极轻微地说了一声："多谢大夫！"吴师母在旁补了一句："这是校医院王院长亲自在夜半时分来抢救你的，系里也为你费了心。"王院长怕吴先生再说话，赶紧制止道："您太虚弱，别再说了，还是闭目养神为好！"又向吴师母问了些情况。大约到凌晨三点四十分，王院长看着输液快要结束，估计吴先生的病情暂时已经稳定，不致再有坏的变化，便把吴师母和我轻轻拉到门外，悄声交代："天明以后，你们还得准备把病人送进北医三院住院部，经过仔细认真的检查，再由他们的消化科主任大夫决定是否需要做胃部溃疡切除手术。"

这样，三点五十分左右，王慧芳院长和我才告别了吴先生与吴师母，离开了朗润园，骑着自行车在未名湖北岸那里分手回家。临别前，我代表中文系和吴先生一家，向王院长表达了最诚挚和深切的感谢，尤其对她为抢救病人而牺牲自己的睡眠、主动承担责任的崇高精神表示了极大的敬意，并请她回家好好休息，保重身体。

清晨六点多，我给耿明宏副主任打了电话，把夜里吴组缃先生的病情、抢救以及王院长的嘱咐，原原本本说了一遍，请他先去北医三院办好手续，然后再将吴先生送进医院。大约六天之后，吴先生果真在三院动了胃溃疡切除手术。吴先生在外

地的三位子女和其他亲属，都到北京来看望。在云南工作的长
公子吴葆羽，自己就是一位医生，他在吴先生动手术时就对我
说：父亲经过这次手术，至少会延长七八年寿命。葆羽说得很
准：吴组缃先生果然到 1994 年——也就是经王慧芳院长抢救
和北医三院动手术后九年，才以八十六岁高龄辞世的。他在晚
年还为北大中文系的教学和研究，为国家的学术事业和文学事
业，做出过许多重要的贡献。① 其中都含有医护工作者不可磨
灭的功劳。

　　在北医三院为吴先生做了胃溃疡切除手术几天之后，我去
病房看望了组缃师。他比过去略显清瘦，但是很有精神。一见
面，他就紧握住我的右手，表示要谢"救命之恩"。我慌忙摇
摆着左手告诉他："不该这样说，我们都是您的学生，只是做
了一个学生在当时情况下都会做的事。真正要感谢的，是校医
院的王慧芳院长，她在为人、医术、医德三方面都很好，真值
得我们学习。还要感谢三院这次为您做手术的大夫和护士。"
我还告诉组缃师，什么时候有空了，我说不定会把王院长那个
晚上感人的事写成一篇短文。他含笑点点头。一晃二十五年过
去了，当初许下的愿至今还是空的。现在百年系庆，趁这个机
会逼着自己写上两三千字，或许也是还愿的一法吧！

---

　　① 我在这里说的并非只是礼貌性的虚话。如果有人采访北京市文联前副主席、
党组书记宋汎（宋丹丹的父亲），他就能极生动地介绍出吴组缃先生在 20 世纪 90
年代评级会上的一番精彩演讲。仅此一例，就足以说明组缃师在文学界那种为他人
所无法替代的重要性。

吴组缃先生二三事

"君子坦荡荡，小人长戚戚。"吴组缃先生在北京大学中文系任教四十多年，最受人尊敬同时给人印象也最深的，正是他敢于坦荡直言和充满人生智慧的哲人风范。他坦率地讲真话，即使这真话不合当时的潮流，不被别人理解，甚至遭到我们一些思想比较简单的年轻人的批评反对，他也敢于坚持。

20世纪50年代中期，"左"的东西已经在许多领域露头。党的领导，常常被简单化为书记或党员负责人说了算。所谓政治统率一切，实际上成了轻视或者取消各行各业具体规律的别名。组缃师感觉到了这个问题，就在1957年5月的《文艺报》上发表了《我的一个看法》，指出当时存在着"政治挤瘪了业务"的偏向。他直率地说：纪念吴敬梓也是何其芳做报告，讨论李煜词也是何其芳做总结，今天是楚辞专家，明天又是戏曲专家，世界上哪有这样万能的仿佛无所不包的专家！组缃师认为："学术研究工作不能像做政治工作一样，临时花些时间，看些材料，听些发言，就可以做出总结来。它比较细致，需要长期的钻研和涵泳，需要多方面的基础和修养。我们中国的学问历史久，资料多，问题复杂，更不是短期内可以登堂入室的。现在何其芳同志东摸一把，西摸一把，楚辞、李词、明清小说和戏曲以至鲁迅作品，上下古今都要去论去谈，一个人哪有许多精力？而且这种做法，又会在工作上风气上产生怎样的影响？"我们当时看成吴先生对何其芳、刘白羽等党员领导人个人有意见，其实他是从科研工作本身的规律着眼的，是提醒党的领导要懂得尊重科学研究的客观规律。这是爱护党的领导，而不是损害党的领导。但当时吴先生却因这话被当成严重右倾，受到党内处分。

1959—1960 年间，在经历了一年多学术批判运动，又因中苏关系恶化而提出"反修""防修"的背景下，学校布置搞教学检查，重点检查了吴组缃先生的课，批评了吴先生说的"感伤主义许多优秀作品都有，为什么一定要批判"等观点。其实，真要论工作态度和教学效果，组缃师讲课受学生欢迎是出了名的。他每堂课必有活页纸上写得密密麻麻的讲稿，连比喻、插话都写在上面，讲起来非常生动和深刻，堪称一丝不苟。他完全没有在教学检查中受批判的思想准备。事到临头，抵触情绪很大。不管有多少压力，只要没有想通，他就不断声辩，坚持着自己的学术观点。我当时也站在批评组缃师的一边，后来随着年龄增长和知识增多，想想这种批评实在没有道理。而组缃师则是毫不动摇地坚守这种自以为有根据的学术见解。

"文革"后期（大约是1973年），组缃师在军宣队召集的一次征求意见的座谈会上，坦率地说出了自己曾经有过的那种"毛骨悚然"的感觉。当时我们很为吴先生着急，怕他挨批，劝他承认这个说法不妥算了。但组缃师执意说这是他的原始感觉。因此，就被当作对"文革"的"污蔑"，连续遭到好几次会议的所谓"帮助"。

从20世纪50年代后期到"文革"中间，组缃师遭受过多次批判冲击，党籍被开除，"文革"初期还被强制劳动。但20世纪80年代初组缃师应邀访问美国，给美国学者做报告时，仍然理直气壮地讲他自己的观点。他认为：新中国搞社会主义事业中的许多失误，一个重要原因，是缺少现成经验可以借鉴。他打了一个比方：小时候给老祖母背上搔痒，祖母一会儿说"上边一点"，一会儿说"下边一点"，一会儿说"靠左"，一会儿说"靠右"，最后才正好抓到了痒处。连搔痒这么简单的事都不是一下子就抓得准，搞社会主义过程中犯错误实在难以避免。在座的听讲者，虽然具体看法未必和吴先生相同，却无不为他充满人生智慧的精妙比喻所折服。

前些年，组缃师在聊天时还多次谈道：我们国家长期以来不重视社会科学，这是极其危险的。如果用人体做比方，社会科学好像身上的骨架，自然科学好像身上的血脉，两者都不可偏废。脊梁骨有了病，轻则致残，重则瘫痪。从"大跃进"到"文革"，新中国几次发生大问题，没有一次不出在社会科学方面，没有一次不是因为践踏、违背了社会科学的客观规律，造成的损失以亿万元计。至于人口失控，国有企业亏损，教育不能普及，精神文明上存在许多问题，更是与人文科学、经济科学、管理科学长期不被重视有关。组缃师感叹地说："文革"结束以后，自然科学恢复了学部委员的制度，而社会科学至今一直没有恢复，这种状况实在令人忧虑。

我还要在这里说一件事。1990年年初，北京作家协会为北京市作家评级，组缃师和我都是评议委员。当时一位主持人提出：按照政治标准第一的原则，那些在1989年5月学潮期间签过名、说过话的人，不管创作成就如何，恐不宜评一级；而政治表现好的，则应该晋分；这才体现将"德"放在首位。多数评委并不赞成这种主张，但却面面相觑，来不及说什么。吴组缃先生第一个站出来发言，反对这种主张。他说：20世纪50年代中期，教授们第一次评级。有人认为像冯友兰先生那样同国民党有点关系的，凭政治表现，不能评一级教授，而像吴组缃这样进步的教授，应该评一级。后来周恩来总理讲了话，说教授评级主要应该看专业水平、专业成就，并参看资历，冯友兰先生应该评为一级，而吴组缃毕竟20世纪30年代才从清华毕业，晚得多，应该低于冯友兰才对，于是评了二级。组缃师认为，像周总理讲的这种标准，才真正体现了党的政策，才真正体现了宽广的马克思主义胸怀。吴先生这样一讲，其他评委都纷纷发言表示赞成，会场气氛为之一变。结果那次评级进行得比较顺利，评的结果大家都很满意。可以说，组缃师在关键时刻真正维护了党的原则和党的利益。

我个人十年前就想写一篇关于吴组缃小说的论文，做了一些读书笔记，也访问过组缃师。但因为杂事繁多，一拖就是许多年，除写了一篇吴先生的传记之外，论文一直未能动笔。心里总觉得欠了一笔债。现在组缃师已经逝世，写出来他也不能读了，更不能再向他请教什么，这种精神上负债的感觉就越发沉重。一想到这里，心头不禁黯然。我希望有一天能将这篇论文写出来，借以寄托对组缃师的缅怀和哀思。

1994 年 4 月 6 日于北大中关园
原载《新文学史料》1995 年第一期

我心目中的田仲济先生

不知是什么缘由，一提到田仲济先生，我总会想起20世纪50年代末60年代初山东师范学院中文系编辑出版的《中国现代作家研究资料丛书》。那是新中国成立后较早出版的一套现当代文学方面的资料丛书，收有《中国现代作家小传》《中国现代作家研究资料索引》《中国现代作家著作目录》《中国现代文学社团及期刊介绍》以及毛泽东主席、郭沫若、茅盾、巴金、老舍、曹禺、夏衍、赵树理、周立波、李季、杜鹏程等作家的十一册研究资料汇编。灰黄色或浅灰色的粗糙的纸，呈现出"大跃进"与"三年困难时期"的特有印记。那时大学师生以群众运动搞科研的风气可谓盛矣，但大多是写文学史、写学术批判文章，却很少像山东师范学院这样发动师生编资料的。这套书在编辑、出版上虽难免有一哄而起的粗疏之处，却毕竟迈开了可贵的第一步，真正发扬了大部队作战的长处，在短时期内编集了一大批资料，为正规的资料编纂打下了基础，留下了不少有用的东西，应该说功不可没。我尽管不太清楚这项工作的详细内情，却总以为田仲济先生、薛绥之先生的指导、支持或参与，在其中发挥了重要的作用。从此，山东师院中文系就以重视现当代文学资料的积累与整理闻名于同行中。

我第一次见到田仲济先生，是在 1979 年 1 月北京三院校中文系现代文学教研室编选的《中国现代文学史参考资料》（包括《文学运动史料选》《短篇小说选》《新诗选》《散文选》《独幕剧选》共十八册）教材审稿会议上。田老是被邀请来对这套教材的选目进行审核并提出意见的。他作为 20 世纪三四十年代新文学运动的过来人和文学史界的前辈，对选目——尤其是散文、杂文方面的选目提出了许多有益的意见，尽管这些意见的具体内容现在一点也记不起来了。后来我们又在北京出版社举行的《中国现代文学研究丛刊》编委会上见过多次。在我的印象中，田老非常重视原始材料的发掘和掌握。我记得，他曾谈到过"文革"后期购买瞿光熙所藏现代文学书刊时遇到的各种阻力和艰难。他对郭沫若 1928 年版《女神》所作的诗句内容上的修改，持有批评态度，认为容易让粗心的读者受骗上当。而为了不受骗上当，就必须让研究生读第一手材料。他认为，我有篇文章强调原始版本，确实很重要。他还主张，北大和山师两校合编的《中国现代文学期刊目录汇编》所收的刊物应该更多更广泛一些，例如抗战时期的文学刊物就可以增添不少，以便显示当时刊物丰富的色彩和多样的挣扎。在这方面，我们两人的意见也颇为投合（我主张 20 世纪 20 年代的《中国青年》等对文学运动影响颇大，应该收进去，然而出版社害怕篇幅过大，不敢多收）。有一次，田老还兴致勃勃地谈到过去新文学史上不太提到的女作家沉樱，认为她的作品不错，是一个新的发现。我自己则比较喜欢新文学第一个十年里一篇短篇小说叫《守夜人》，觉得它只写一个场面，却含蓄而有抒情意味，不过我不了解作者燕志侨的具体情况。田老告诉我：燕志侨就是燕遇明，是山东省文联副主席，一位老作家，可惜后来作品写得不太多。我和田老接触的机会不算很多，但常常能从他那里得到知识和学问上的教益。

　　田老不但是文学史家，自己也是一位作家。从 20 世纪 30 年代初开始，他就写过不少杂文和散文。在抗日战争时期，他出版过三本杂文集：《情虚集》《发微集》《夜间相》；20 世纪 50 年代还出版过《微痕集》。他对鲁迅非常崇敬，他的杂文也继承、发扬了鲁迅的精神和风格。1992 年春，田老曾将当时刚出版的近五十万字的《田仲济杂文集》惠赠给我，希望我参加有关他杂文的一次学术讨论会。我当时因为正在忙其他事情，会议未及出席，但作品还是断断续续地拜读了的。从他的杂文中，我突出地感受到强烈的正义感和曲折的表达方式，这些都可以说染有鲁迅的遗风余绪，同时却也是田老自身的性格使然。在旧时代，他蔑视权贵，指斥贪污，为民纾困，仗义执言；在新时代，他倡言"雅量"，直陈己见，即使招祸也不后退，一股侠气由字里行间喷薄而出。甚至连游鉴湖，说秋瑾，论鲁迅，也一再升腾起这样的念头："一个歌颂女侠的作者自己会没有几分侠骨？""在《野草》中他歌颂了人间的猛士，难道他自己不是一个侠骨义风的猛士么？"可见，正是精神上的相通，使他踏上了鲁迅所开辟的道路。

作为学界前辈，田仲济先生非常重视培养学术接班人，热情扶植后起的新生力量。在田老的带动和安排之下，山东师院的中国现当代文学专业早在 20 世纪 80 年代初就成为最早获得国家批准的硕士学位点之一，从那时起培养了一批又一批硕士人才。然而田老并不满足于此，1991 年见到田老，他告诉我：他"最感到遗憾的，是没有能够替山师解决博士点"，为此，他自责不已。其实，此事在当时未能实现，与田老个人并无干系，唯一原因是国家学位委员会自 1984 年起下降了博士生导师（尤其学科带头人）的年龄线：规定必须七十岁以内方可申报，因而暂时影响了山师建立现当代文学博士点的工作。但田老所培养扶植的学术力量毕竟梯队完整，基础厚实，因而到 20 世纪 90 年代中后期，终于实现了兴建博士学位点的宿愿。

田老不仅关心山师现当代文学的学术队伍，而且也关心全国现代文学的学科建设，在这方面曾提出过不少好的建议。作为最早的副会长，他对中国现代文学研究会的工作也给予了很多指导、关心和帮助。我本人可以说一件亲身经历的事情：1984 年夏，中国现代文学研究会在哈尔滨举行年会期间的一个中午，王瑶先生、田仲济先生牺牲了休息时间，把我召到王先生住的房间内，他们俩共同动员我担任新增设的副会长（原有之外，再增一名）的工作。他们向我细致说明：研究会的主要领导人年岁较大，需要有比较年轻的人参加进来做副会长，认为我比较合适。当时我想：我的行政工作能力本来就低，又是刚挑起北大中文系主任的担子，有点手忙脚乱，加上还承担着"丛刊"和大百科全书中国文学卷现当代部分的编务，实在难以胜任此项新加的任务，为免贻误工作，只得如实禀明情况，乞求谅解；并正面提出，樊骏先生工作细致踏实，处事稳健，点子很多，要求自己又极为严格，在同一年龄段的学者中深孚众望，由他出任最为合适。田老和王瑶先生最后点头接受了我的申述，对我的请求表示理解。可见，他们作为学术前辈，多么竭诚地为培养后一代学者而多方尽力。中国现代文学研究会这一学术团体，至今能保持较好的学风，并能相互尊重，团结奋进，是和王瑶先生、田仲济先生等老一辈学者对年轻一代热诚培养和率先垂范有直接关系的。

2002 年 6 月 26 日写毕

原载《新文学史料》2003 年第一期

他在人们心中永生

——读《微笑着离去：忆萧乾》

1999 年 2 月 11 日的傍晚时分，萧乾先生出色地跑完了人生的最后一圈，微笑着离去了。斜阳映照之下，他的身后留下了长长的四周饰满虹彩的身影：三百多万字的精美的十卷本《萧乾文集》，以及篇幅绝不少于此的翻译作品和集外文字；还有大量并未形诸笔墨却用非凡的人格力量书写出的动人事迹。

于是，半年之后，在我们面前就有了这本从国内外几十种报刊上收集来，由中外几十位作者撰写的感人至深的书——《微笑着离去：忆萧乾》（辽海出版社出版），它真实地呈现了萧乾的业绩与性情，自豪与屈辱，魅力与弱点，文格与人格。如果可以把萧乾一生比作一本大书的话，那么，《微笑着离去》就是大书的浓缩版，从中可以读出时代，读出历史，读出即将逝去的这个世纪中国的年轮。

在 20 世纪中国作家中，像萧乾这样具有宽广丰富的阅历和多种多样的才能者并不很多。他不但是著名的文学家，而且是优秀的新闻记者，杰出的翻译家。贯穿在他作品中的，是忧患人生的真切体验，国运民瘼的热情关切，充满着真诚与赤忱。他那些脍炙人口的篇什，像小说《篱下》《雨夕》《俘虏》《梦之谷》，通讯《鲁西流民图》《血肉筑成的滇缅路》《银风筝下的伦敦》《柏林一片残破》，散文《我这两辈子》《未带地图的旅人》《一本褪色的相册》《关于死的反思》，无一不渗透着强烈的正义感与艺术的震撼力。即使新闻报道，在萧乾笔下，也都奇迹般地转化成了富有感染力的文学作品。正如资深记者赵浩生所说："世界上大多数新闻记者的作品，生命力不足一天。……萧乾不同于一般记者，他的作品不仅有新闻的时效，而且有文学的艺术，史学的严谨。他把文学技法，把对历史的严肃感情写进新闻，所以他作品的寿命不是一天，而是永远。"直到晚年，他仍以"尽量讲真话，坚决不说假话"为座右铭，坚持独立思考，在作品中继续对现实的不健康方面有所针砭，体现着一个知识分子的良知与责任感。

尤其令人感动的，是贯穿萧乾一生的那种与命运顽强抗争的精神。他从不屈服于命运。幼时出生在贫苦家庭，十一岁成为孤儿，却靠着织地毯、送羊奶来实现工读。学生时代就开始发表作品，后来进入《大公报》工作。第二次世界大战期间，他不畏艰险，随盟军进入欧洲战场，成为唯一的中国记者，用笔摄下了许多弥足珍贵的历史镜头。他曾被剥夺写作权利二十二载，古稀之年方得平反，但却立志要"跑好人生的最后一圈"，在年老多病情况下写出一百六七十万字的作品；还与夫人文洁若合作，起早睡晚，苦干数年，译完《尤利西斯》这样的"天书"，可称创造出了"奇迹"。他用诗一般的语言写道："在走出恶梦的早晨，我以我的笔作拐杖，又开始了我的人生旅行。我的手有些抖，我的脚步有些颤，但我的心还能和五岁的孩子比年轻。"（《我的年轮》）死亡对于萧乾来说，竟成了巨大的鞭策力量，使他的创作力如火山迸发。有朋友说：萧乾"一个人有一百个人的生命"。读读《微笑着离去》中许多人写的回忆文章，你也许会相信这是近乎真实的。

萧乾是性情中人。从《微笑着离去》一书，就能真切地感受到他弥勒佛般的笑容，睿智幽默的谈吐，老顽童般俏皮又随和的性格。晚年的他已看透名利、地位、享受这类世俗的追求。20世纪80年代，组织上曾分配给他一座单门独院的小楼，他却辞谢了。后来，译《尤利西斯》得到三万元稿酬，他全部捐赠给了《世纪》月刊社。为了集中精力译书，他在门上贴出"谢绝造访、作序"的纸条，然而一些不相识的青年作家依然得到萧乾为他们处女作写的序文。萧乾曾说："人生最大的快乐莫如工作。"也说过："有这样的晚年，我感到很幸福！"萧乾所说的"幸福"，不是高官厚禄，豪宅华居，而是自由地握笔创造精神财富的权利。人们有时会说到"大写的人"，依我看，萧乾就是这样一位既平凡亲切又脱离了低级趣味的"大写的人"！

应该指出的是，《微笑着离去》不仅是了解作家萧乾的必读书，而且在研究中国现代文学方面也具有独特的价值。像邵燕祥的《认识一个真实的萧乾》，日本学者丸山昇的《从萧乾看中国知识分子的选择》《新中国建立前夕文化界的一个断面》，都对1948年那场文化论争做了深入的研究，从根本上澄清了《斥反动文艺》一文带来的迷误，因而成为很有分量的学术论文。吴福辉、周立民的回忆文章，则透露了20世纪30年代《大公报》文艺奖的一项秘密：小说方面的奖原先决定授予萧军《八月的乡村》，却因萧军本人通过巴金向萧乾表示不愿接受，于是改授给芦焚，此事现已得到巴金证实。而据萧乾生前猜测，萧军之所以不接受，可能是"左联"内部作的决定。我还可以举出另外一些事例作为佐证。在丁玲被国民党绑架软禁期间，萧乾于《大公报·文艺》上刊发了她的小说《松子》，向世人正式传递了有关丁玲的真实消息；20世纪30年代中期，萧乾协助斯诺将中国现代一部分优秀小说编成《活的中国》介绍给西方读者；据赵瑞蕻介绍，萧乾对文学翻译问题曾提出过一系列相当精辟的见解；"文革"结束后，萧乾还为自己撰写了一篇意味深长的碑文；等等。所有这些鲜为人知的史实的披露，都足以改写文学史的局部内容，它们对于推进中国现代文学的研究，有着相当重大的意义。这也从另一角度证明了《微笑着离去：忆萧乾》确是值得一读的好书。

萧乾先生毕竟走了。我因上半年远在巴黎教书，深以未能向这位亦师亦友的可敬前辈告别为憾。记得萧老九十寿辰那天，从录像中看到穿红毛衣的他，思维还那么敏捷，神情还那么安详，我曾以为他的健康状况不错，暑期回来定可以再向他叙谈旅欧感想，聊聊他当年采访过的那些城市近时的变化，不料这一切全成了再也无法圆的梦。现在读这本回忆萧老的书，他的音容笑貌又一再浮现在我眼前，我多少感到有一种失而复得的快慰和补偿。单从这点来说，我就很感谢《微笑着离去》一书的出版。

原载《中华读书报》，1999 年 11 月 3 日

石破天惊话科学

季羡林先生是我早已仰慕的前辈师长。虽然喜欢读他的一些散文，却因从事的专业不同，工作又不在一个系，登门求教很怕耽误他的时间，所以平日的接触实在不多。近几年，有时在一起开会，不断听到他明快通达、风趣活泼的讲话，觉得他虽当耄耋之年，精神上其实比我们这些晚辈更富有青春朝气。他总是那么关心国家大事，思想敏锐，敢于直言，时时闪耀着真知灼见。其中的一次接触和交谈，尤其给我留下了深刻印象。

那是一次有关高等教育发展问题的座谈会，北京、天津两地不少大学的领导人、教授都参加了。我们先看了《北大启示录》《清华园求索》两部电视片，然后发言。许多与会者都为当前大学经费严重短缺、高等教育面临危机而感到忧心忡忡。有的发言者还就社会科学、人文科学的作用被大大低估所带来的恶果作了分析：据测算，全国每年仅流失的税收一项就有一千多亿元；如果通过强化科学管理将流失的税款收回一半，就够搞一二十个"211工程"。

季羡林先生不仅在《北大启示录》电视答问中肯定了五四时期北大校长蔡元培及其"兼容并包"方针的历史进步作用，还在那次座谈会上就教育和社会科学（包括人文科学和管理科学）应该受到重视的问题大声疾呼，讲了一系列肺腑之见。他认为，国家对教育的投入所以严重不足，主要不在财政上有困难，而在领导思想上对教育是立国之本这点认识不足。日本明治维新，首先就抓教育，增加教育方面的投入。我们口号多，行动少，连《教育法》中都不肯将政府对教育的投入按世界各国平均水平规定下来，很令人失望。

季老还就社会科学与自然科学的关系讲了自己的见解。他认为现在的"中国科学院""国家科委"都名不副实，不包括社会科学，应该改名为"中国自然科学院""自然科委"。季先生表示赞同这样一种看法：新中国成立以来我们最大的失误，在于不承认社会科学是科学。从20世纪50年代批评反冒进讲起，很多时候都在瞎指挥，胡折腾，把规律当迷信来破除，最后弄到经济几乎全面崩溃。近十多年来情况有了很大变化，真想按经济规律、市场规律办事，但仍然惯性般地存在着对社会科学不够重视的种种现象。例如：把社会科学的作用局限于精神文明建设，而不认为社会科学关系到经济建设的成败，国家管理的好坏，民族素质的高低；对社会科学的财政投入极其可怜；自然科学方面早已恢复了院士制度，而社会科学的院士制度迟迟不能恢复，甚至想恢复还遇到阻力；如此等等。这就必然会带来某种恶性循环。季老认为，这种情况令人忧虑。季老还说：单就人文科学而言，它与生产力究竟是什么关系，其实很值得研究。张家港就提两手抓，"精神文明出生产力"，"精神文明产生经济效益"，这个经验难道不值得重视？

季老的挚友吴组缃教授生前曾对社会科学与自然科学的作用讲过一个看法。吴先生说："如果用人体作比方，社会科学好像身上的骨架，自然科学好像身上的血脉，两者都不可偏废。脊梁骨有了病，轻则致残，重则瘫痪甚至死亡。"季羡林先生当然赞同吴先生那样强调社会科学的重要性，然而，他对两者的关系还有进一步的申述和发挥。就在那次座谈会的休息时刻，季老对我说了大意是这样的一番话：

> 社会科学其实起着帅的作用。它对国家的管理，社会的进步，经济的发展，民族的凝聚力，都有相当直接的关系。科技当然重要，它是强大的活跃的生产力，能够推进社会的变革。但科技不能脱离那个时代的社会科学水平和社会机能的制约而起作用。如果社会的管理水平低，吏治腐败，文盲遍地，那就会大大限制乃至抵消科技所能发挥的作用。第二次世界大战的经验更告诉我们，现代武器掌握在法西斯手中，实在非常可怕。要知道，掌握科学的毕竟是人，是一定社会制度下具有一定思想、一定文化素质的人。所以，只重视科技的那种"科学主义"是应该反对的。照我看，社会科学是"帅"，

技术科学是"兵"。

季先生这番谈话，在我听来，真是石破天惊、振聋发聩之论。它一语中的，切中肯綮，很有科学性。当然，它也可能招致不同意见的争议。但我认为，即使有争议也是好事，如果经过争论而能使更多的人认识深化和提高，那就对我们国家、我们时代可以说功德无量了。

季老已到坐八望九之年，使命感却还是那么强烈，论事还是那么机敏锋利，精神还是那么年轻健旺，这使我不禁想起了他在散文中写到过的黄山松的形象：

> 别的地方的松树长上一千多年，恐怕早已老态龙钟了，在这里却偏偏俊秀如少年，枝干也并不很粗。在别的地方，松树只能生长在土中，在这里却偏偏生长在光溜溜的石头上……

是黄山独特的自然环境培育了奇特的黄山松。是中国独特的人文环境磨炼了季先生这样老而弥坚的学界泰斗。我在这里诚挚地祝愿季先生像不老的黄山松一样健康长寿！

1996 年 4 月 7 日

原载《人格的魅力：名人学者谈季羡林》

延边大学出版社 1996 年版

悼念文学史家唐弢先生

新年后首次《中国现代文学研究丛刊》编委会上，社科院文研所的同志带来唐弢先生逝世的消息，我脑中立即"嗡"的一下，几乎震呆在那里。记得唐先生因肺炎和脑血栓住院一年半来，虽然多次出现过险情，但在协和医院医护人员精心治疗护理下，有一个时期恢复得相当好：能连续看一两个小时电视，还想练习走路。一个月前我去看望他时，他还有点激动地紧握着我的手，要跟我说话。我总觉得唐先生定会像他以前患心肌梗死那样，奇迹般地得到康复的。谁知年前年后，病情却突然意外地恶化了……这就成为今年一开头我们大家共同遭受的沉重损失：中国文坛失去了一位优秀的老作家，现代文学研究园地倒下了又一棵大树，我个人则失去了几十年来不断给予亲切教诲和启迪的一位良师。我和唐弢先生真正熟识是在1961年，尽管此前在有些会议上也见过面。那时中央有关部门正组织力量统一编写文科教材，王瑶、刘绶松、刘泮溪先生等十多人都参加了《中国现代文学史》的编写工作。我们从指导思想到编写体例、章节安排先后讨论了几个月，唐弢先生有时以顾问的身份来参加编写组会议，却不是编写组成员。由于群龙无首，编写工作进展比较缓慢。到那年10月，我自己已被高教部从教材编写组调出，将派往匈牙利布达佩斯大学去接替冯钟芸先生教一两年课，连赴欧车票也预订好了。唐弢先生就在这时接受上下一致的要求，担任《中国现代文学史》的主编。他来到编写组后做的一件事，便是通过文科教材办公室和高教部协商，把我扣了下来。他为此曾一再向我表示歉意，说为了写好教材，只能如此。

接着，唐先生为《中国现代文学史》的编写，制定了几条重要原则。记得第一条是必须采用第一手材料。作品要查最初发表的期刊，至少也应依据初版或者早期的印本，以防转辗因袭，以讹传讹。另一条是：注意写出时代气氛。唐弢先生认为，文学史写的虽是历史演变的脉络，却只有掌握时代的横的面貌，才能写出历史的纵的发展。关于复述作品的内容，他认为应力求简明扼要，既不违背原意，又忌冗长拖沓，这在文学史工作者是一种艺术的再创造。再一条是：文学史尽可能采取"春秋笔法"，褒贬要从客观叙述中流露出来。这些意见，直到今天看来仍对编写文学史教材甚为有益；在当时条件下，更对整个编写组，尤其对我们年轻人树立严谨、求实的学风，起着良好的推动作用，它把现代文学史教材编写工作从"左"的束缚下解放出来，引上了比较正确的轨道。

唐弢先生决不愿做那种挂名的主编。他当主编以后，不但为《中国现代文学史》制定了编写原则，修订了章节框架，亲自撰写了《鲁迅》上、下两章，还逐章逐节阅读、修改大家写出的初稿。当时写出的初稿，应该说质素极为参差不齐：有的基本可用，有的局部可用，也有的基本上不能用。遇到后一种情况，只好另外找人重写出新的稿子，再由唐先生来改定。即使基本可用的初稿，唐先生有时也花了不少精力来修改。如在分工由我执笔的《绪论》中，作为现代文学先导的近代文学那部分，原先按文艺界某些领导的意见，写得比较简略，唐先生则查阅材料，作了不少具体的补充。这样，就使整个定稿过程增添了繁重的工作量。后来在为拙著《求实集》写的序中，唐先生曾经回忆当时修改教材初稿的情景：

> 教材进行到最后阶段，只留下路坎、樊骏、家炎和我，为了统一全稿，要求在两个月内（后来延长到两个半月）将"五四""左联"两段写出。我们四个人边琢磨、边润饰，灯下苦干，往往直到午夜后三四点钟，才上床合眼片刻，每晚平均只睡两小时多一点。

这样辛劳紧张地连续苦干，当时年仅三十的我尚且感到疲惫不堪，魁梧强壮的路坎同志也弄得每夜盗汗，更何况年已半百的唐弢先生体力怎能支撑！终于，1964年初夏，唐弢先生突发心肌梗死，病重入院，下册的修改也因此停顿下来。唐先生就是这样几乎为这部集体编写的《中国现代文学史》教材献出了生命的！

早在20世纪40年代，唐弢先生就着手搜集史料，打算独自写一部中国现代文学史。虽然这一计划后来并未进行，但从《晦庵书话》等著作看来，或许也已做了相当的准备工作。我总觉得，唐先生应该是写中国现代文学史的比较理想的人选，因为他有丰厚的创作经验，良好的理论和审美修养（艺术感觉极好），又熟悉文坛状况，历史感很强，而且藏书丰富，文字漂亮。他的现代文学史如果写出来，相信会是一部史料充实，论析透辟，亲切可读，既能以说理使人折服，又能给人美的享受，很有个性特点的书。

在《鲁迅传》的写作上，唐先生也下了极大的功夫。写作过程中经常为了把某些具体情况弄得准确，翻阅查考很多材料（如为考查鲁迅杂文何以具有很强的论辩力，曾阅览"绍兴师爷"办案的若干书面材料）；还两次赴日本做过调查。他又是亲身和鲁迅有过接触的少数文学家之一，具有他人所没有的种种优越条件。我曾多次劝唐先生甩掉杂务，集中精力，早日完成这部他人难以替代的著作。可惜由于各种难以完全拒绝的文债之类的事务极多，占去了他不少时间，在他病倒之前，只写完了青年鲁迅为止的约十万字的前面几章。而我自己尽管那样劝他，十年前却还是请他为拙著《求实集》写过一篇序言，这是我至今想起来还是深感歉意的。

唐弢先生也许可以称为新文学的词章家。他的文章活泼潇洒，朗朗上口，富有情致，不但杂文和散文很有诗的成分，连论文也带有美文的素质，读起来轻松亲切而又启人深思。但人们可能并不知道，这类如行云流水般的文字，竟是先生苦苦打磨过多少遍的。记得还是 1961 年，当时在北师大工作的吕启祥同志告诉我，唐弢先生曾夸奖我那篇评《创业史》中梁三老汉形象的文章，认为写得"有气势、有深度"，于是我很想向他请教一点文章之道。哪知唐先生告诉我：他的文章写得很慢，常常改了又改。有时为开好一篇文章的头，就更换稿纸四五次甚至七八次，写了又揉，揉了又写，直到比较满意为止。即使写定的稿子，誊清时也仍要改动。我最初以为他过于谦虚，他却拿出一份手稿，上面果然改得密密麻麻，我不禁为之肃然。唐先生在《我观新诗》一文中说："诗需要做，需有雕琢"，"但诗又不容许露出一丝一毫雕琢的痕迹，所谓羚羊挂角，无迹可寻就是"。我想，他的文章所以那么漂亮，除因他非凡的才气之外，也是他付出巨大劳动，刻苦琢磨的结果。

唐弢先生悄然离去了，但他宏富的著作和业绩是长存的！他那自强不息、奋发前进的精神，严谨而富有开创性的治学态度，渊博厚实的文史知识和理论学养，活泼、洒脱、风趣的文字风采，永远活在人们的心里！

1992 年 1 月 16 日

原载《鲁迅研究月刊》1992 年第五期

附录：唐弢先生为中国现代文学青年研究者
开列的刊物与作品目录

《马克思、恩格斯论艺术》（一、二、三、四卷）

《列宁论文学与艺术》（一、二卷）

《马恩列斯论文艺》

《毛泽东论文艺》

《鲁迅全集》

《沫若文集》（历史学著作除外）

胡适：《尝试集》《终身大事》

《李大钊诗文选集》

《刘半农诗选》

《刘大白诗选》

《叶圣陶文集》

《冰心选集》

《许地山选集》

《鲁彦选集》《野火》《愤怒的乡村》

《郁达夫选集》《屐痕处处》

《王统照文集》(一)(二)、《山雨》

杨振声:《玉君》

《废名小说选》

台静农:《地之子》《建塔者》

《许钦文小说选》

庐隐:《海滨故人》

冯沅君:《卷施》

彭家煌:《怂恿》

许杰:《惨雾》

《蹇先艾小说选》

《闻一多文集》(一)(二)

《冯至诗文选集》

《徐志摩诗选》

朱湘:《夏天》《草莽集》

汪静之:《蕙的风》

《应修人、潘漠华选集》

周作人:《雨天的书》《自己的园地》《艺术与生活》《知堂文集》

林语堂:《翦拂集》

《朱自清文集》(一)(二)

俞平伯:《燕知草》《杂拌儿》

陈西滢:《闲话》

《欧阳予倩选集》

《丁西林剧作选》

《茅盾文集》《锻炼》《茅盾论创作》《茅盾文艺杂论集》

《巴金文集》

《老舍文集》《猫城记》《老舍论创作》

《蒋光慈诗文选集》《咆哮了的土地》

阳翰笙:《地泉》《阳翰笙剧作选》

《柔石选集》

《洪灵菲选集》

《胡也频选集》

《叶紫选集》

《丁玲短篇小说选》《太阳照在桑干河上》

《沙汀短篇小说选集》《淘金记》《困兽记》《还乡记》《随军散记》

《张天翼小说选集》

《周文选集》(一)(二)

《蒋牧良选集》(待出)

《罗淑选集》

《东平选集》

《艾芜短篇小说集》《中篇小说集》《山野》《丰饶的原野》

《吴组缃小说散文集》《鸭嘴涝》

《李劼人选集》(一)(二)

《魏金枝短篇小说选集》

《萧红选集》《生死场》《呼兰河传》

萧军：《八月的乡村》《过去的年代》

端木蕻良：《科尔沁旗草原》《大地的海》《憎恨》

沈从文：《沈从文小说选集》《边城》《长河》《湘行散记》

萧乾：《梦之谷》《栗子》《萧乾散文特写选》

芦焚：《芦焚散文选》《芦焚小说选》（待出）、《果园城记》

《殷夫选集》

《艾青诗选》《诗论》

《臧克家诗选》

《蒲风诗选》

《戴望舒诗选》

《新月诗选》（陈梦家编）

《给战斗者》（田间）

《雕虫纪历》（卞之琳）

何其芳：《预言》《夜歌和白天的歌》《画梦录》

曹禺：《雷雨》《日出》《原野》《蜕变》《北京人》《家》

《夏衍选集》（一）（二）、《芳草天涯》

《田汉剧作选》《丽人行》

《于伶剧作选》《杏花春雨江南》

《阿英剧作选》

《李健吾剧作选》（待出）

《郑振铎文集》（一）（二）

丽尼：《鹰之歌》《黄昏之献》

陆蠡：《竹刀》《囚绿记》《海星》

《李广田散文选》

丰子恺：《缘缘堂随笔》

《唐弢杂文选》

《徐懋庸杂文选》（待出）

《绀弩杂文选》

姚雪垠：《差半车麦秸》《牛金德与红萝卜》《春暖花开的
时候》《长夜》

《靳以小说选》

骆宾基：《北望园的春天》《混沌》

路翎：《财主底儿女们》《饥饿的郭素娥》《在铁链中》
《求爱》

张恨水：《啼笑因缘》《八十一梦》

秦瘦鸥：《秋海棠》

齐同：《新生代》

《宋之的剧作选》

吴祖光：《风雪夜归人》《捉鬼传》

袁俊：《万世师表》

《陈白尘剧作选》《乱世男女》

《革命民歌选》（萧三编）

阮章竞：《漳河水》《赤叶河》《圈套》

李季：《王贵与李香香》

张志民:《死不着》

柯仲平:《边区自卫军》《平汉路工人破坏大队》

《晋察冀诗抄》

《赵树理文集》(一)

孙犁:《白洋淀纪事》

欧阳山:《高干大》

柳青:《种谷记》

马烽、西戎:《吕梁英雄传》

孔厥、袁静:《新儿女英雄传》

周立波:《暴风骤雨》

草明:《原动力》

康濯:《我的两家房东》

《解放区短篇小说选》

刘白羽:《无敌三勇士》《火光在前》

贺敬之、丁毅:《白毛女》

魏风、刘莲池等:《刘胡兰》

马健翎:《血泪仇》

姚仲明等:《同志,你走错了路》

胡可:《在战斗里成长》

黄谷柳:《虾球传》

袁水拍:《马凡陀的山歌》

钱锺书:《围城》《人·兽·鬼》

鲁藜:《星的歌》

阿垅等:《白色花》

袁可嘉等:《九叶集》

《胡适文存》(有关文学部分)

《独秀文存》(有关文学部分)

《瞿秋白文集》(一)(二)

钱杏邨:《现代中国文学家》《文学批评集》

《冯雪峰论文集》(一)(二)

周扬:《表现新的群众的时代》

胡风:《文艺笔谈》《密云期风习小记》《在混乱里面》

《荃麟评论集》

朱光潜:《给青年的十二封信》《诗论》《文艺心理学》

《中国新文学大系》

中国现代文学史参考资料:史料选、小说选、新诗选、散文选、独幕剧选

文学研究所编:《中国现代短篇小说选》

《中国话剧运动五十年史料集》

"五四"以来重要文艺期刊:

《新青年》《新潮》《小说月报》《文学旬刊》《创造季刊》《创造周报》《创造月刊》《洪水》《语丝》《莽原》《未名》《沉钟》《晨报副刊》《京报副刊》《觉悟》《学灯》《现代评论》

《文化批判》《太阳月刊》《奔流》《北斗》《拓荒者》《前哨》（文学导报）、《作家》《光明》《中流》《现代》《文学》《文季月刊》《新月》《文学杂志》（朱光潜主编）、《水星》《骆驼草》《人间世》《宇宙风》《申报》"自由谈"、《大公报》"文艺副刊"

《抗战文艺》《文艺阵地》《文艺杂志》（鲁彦、荃麟主编）、《七月》《希望》《文学月报》（罗荪主编）、《文艺战线》（周扬主编）、《重庆新华日报》副刊、《延安解放日报》副刊、《谷雨》《草叶》《文艺复兴》（郑振铎、李健吾主编）、《大众文艺丛刊》

工具书：

《中国现代出版资料》（甲、乙、丙三编）

《五四时期期刊介绍》

《文学论文索引》（正、续、三编）（陈璧如等主编）

《一九三七——一九四九年主要文学期刊目录索引》（山东师院编）

《中国现代文学期刊目录》（上海编）

《中国现代作家作品研究论文索引》（山东师院编）

心中的丰碑

——哭王瑶先生

王瑶先生走了。他走得这样突然，这样仓促，这样令人心碎。

记得今年 11 月 18 日，在苏州大学举行的中国现代文学研究会理事会议的最后一天，我准备返京，向他辞行的时候，他还是那样精力饱满，谈笑风生。他乐呵呵地连着问我："你真的不去上海，不参加巴金讨论会了？——这么近，多可惜！"那天上午他还在理事会上就现代文学教学问题讲了话。我因为中午就要上火车，也因为那几天着了凉，不能弯腰，行动不便，所以提前离开了会场。想不到那竟然就成为和王瑶先生的最后一面。我永远不能原谅自己的是：在江南那种室内没有暖气的环境里，我作为患过大叶肺炎，有此病痛经验的人，竟没有事先提醒王瑶先生，请他务必注意保暖，防止着凉，警惕老年肺炎的危险。如今想来，我这个后辈实在没有照顾好王瑶先生，对不起王瑶先生。

王瑶先生是当代杰出的文学史家，在中古文学和现代文学的研究、教学方面，都做过重大贡献。他的《中国新文学史稿》是我国第一部史料丰富、体系完备的现代文学史著作，为中国现代文学学科奠立了最早的基石。他对鲁迅研究，巴金研究，以及现代文学许多专题的研究，都达到了很高的水平。1954年至1955年间，他撰写的一篇文章曾受到毛泽东主席的赞赏，并因此受到接见。然而，当我1958年秋留校任教，开始和王瑶先生共事时，他却已经因反右派运动的余波，被当作学术上的"白旗"，受到人们的批判，并被撤去了全国政协委员和《文艺报》编委的职务。这次错误的批判，使他精神上陷入很大的痛苦。王先生是"一二·九"时代的地下共产党员，编过《清华周刊》，抗战期间虽与组织失去联系，但仍坚持进步立场，向来自以为思想上是马克思主义的，不料一夜之间忽然变成"白旗飘飘"，因而非常想不通。有一次我们两人聊天，他对我说，他有时觉得个人无法掌握自己的命运，只得拿起扑克牌玩"打通关"的游戏，看究竟这样走还是那样走才能走通，用以占卜自己的命运和道路。一个并无封建迷信思想的现代知识分子，竟然用扑克来占卜，这件事不仅在当时震撼了我的心，也使我此生永远难以忘却。可贵的是，即使在这种情况下，王瑶先生也仍然采取实事求是的态度。面对着批判过他的青年学生，他还是在课堂上讲出了他的看法，并且说："我并不认为自己写的就是真理而要坚持，只是恐怕还来不及修正自己的错误。"他也并没有从此消沉下去。就在受批判不久的20

世纪 60 年代初，王瑶先生准备出了研究鲁迅《野草》的课程，发表了《论〈野草〉》这篇长达三万字的论文。就我个人的感觉而言，王瑶先生当时选择《野草》来研究似乎不是没有原因的：在鲁迅 20 世纪 20 年代中期的思想苦闷和探索中，未尝不可以寄寓研究者自己的苦闷和探索；在鲁迅严于自我解剖的精神中，未尝不可以体现研究者本身自我解剖的要求。正是和鲁迅精神的这种深切感应，也许启导着王瑶先生的乐观、豁达的情怀。

在"文化大革命"中，王瑶先生因一张背面印有毛主席像的报纸压在尿盆底下遭家中保姆揭发，而被认为是"三反分子"，受到了令人难以置信的冲击和迫害。除几次遭毒打外，有一个阶段竟从原来的住宅被赶了出来。然而，经过磨炼，王瑶先生变得更坚强了，对许多事情看得更透彻了，胸襟也变得更为恢宏宽广了。他对揭发批斗的人，除个别品质恶劣者外，一般都采取宽容、原谅的态度，说："事情都有自己的条件，在那样的环境中，难免会做些错事，不要过多责备他们。"还说："回头看看我们自己过去写的东西，还不是多多少少也打着时代烙印。"

王瑶先生博闻强记，机敏过人，活泼健谈，出语风趣，和他谈天常常忘记时间的过去，不但获得精神上的愉快享受，而且知识学问上也每有助益。前几年，他常这样自嘲：头发该黑的却早白了，牙齿该白的反倒变得焦黑，很符合"颠倒黑白"之讥；又谓：每天必须喝五磅水才合格（因患糖尿病），平时又喜欢叼个烟斗来抽烟，真尝到"水深火热"之味。一边说着一边带点得意地笑。说到学术文章，王先生把它们分为四类：一曰有口皆碑，成为定论；二曰自圆其说，言之成理；三曰虽有偏颇，不乏创见；最不好的是人云亦云，空话连篇。这些都显示他的睿智和诙谐明快的性格。但在不太正常的情况下，他有一些本来开玩笑的话却被人做了别样的理解，因此未免吃苦头。如 1957 年夏天反右时，他和几位教授带着助手去青岛编教材，说了一句："这下子可以躲开火热的太阳，也躲开火热的斗争。"此话传出后，在后期反右和双反运动中，就成了经常受批判的题目。但王瑶先生似乎并不在意。20 世纪 80 年代恢复全国政协委员职务后，王瑶先生常常津津乐道政协会议上围绕委员们发言而流行的几句口头禅："不说白不说——说了也白说——白说还要说。"据说这最后一句是王瑶先生加上的，可见他晚年仍无丝毫意气消沉之意。

王瑶先生是个有真性情的人，又是一个忧国忧民常常以人民和民族利益为重的人。他用自己的言传身教，造就并影响了中国现代文学学科的几代中青年学者。他的为人，如同他的治学一样，也是既有魏晋文人风骨，又有"五四"时代精神，体现了传统与现代这两方面的交融。他永远为人们所敬重，并将久久地活在人们心中。

己巳年冬至后四日内断续写成
原载《光明日报》，1990 年 2 月

难以忘却的纪念

——敬悼朱德熙先生

转眼间，德熙师离开我们已整三个月。此刻，我坐在窗下，摊开稿纸想要写点什么，却久久没有一个字落到纸上。我的耳际回想着去年 10 月我将离开斯坦福回国时，他从西雅图打电话来送行的声音，我的眼前陈放着今年 3 月初，他同病魔战斗而充满信心的手书复印件——《关于我的病情》。这一切，都好像只是昨天的事，而他已走得那么遥远了。

德熙先生在我来到北大中文系之前，就已是我的老师，我曾经从他和吕叔湘先生合著的《语法修辞讲话》，受到很多教益。而他更是一位很有贡献的古汉字学专家。来北大后，惭愧得很，我并没有听过他的课。隔行如隔山。但我却很早就听说：德熙先生的课深受大学生、研究生和青年教师的欢迎。记得 20 世纪 50 年代末曾发生过这样一件事：系里一位青年党员教师张雪森（"文革"中在江西干校翻车事故中牺牲）说："听朱德熙先生讲课是一种艺术享受。"这自然是对德熙先生教学工作的很高赞誉，当时却在党内很快引起了一些反应。那是一个"拔白旗、插红旗"，"破除对资产阶级学术权威的迷信"的年代，德熙先生又被认为正在搞"结构主义"这套仿佛颇为危险的东西，于是，张雪森这句话的出现，就成了党内也存在"迷信"的明证，因而受到了内部批评，虽然那时朱德熙先生也才三十多岁，刚从社会主义的保加利亚讲了几年学回来，即使采用很"左"的标准，其实也难以划到资产阶级方面去的。

我和德熙先生接触得比较多，是在20世纪80年代中期。那时，经过了许多风风雨雨，他出任管文科的副校长，花很多力气抓科学研究、学报工作和图书馆建设。我作为中文系主任，常有许多问题向他请示，求得他的指点和帮助。我从切身感受中体会到：德熙先生极其重视良好的学风建设，极其重视研究工作的严谨和科学性。在一次学术会议上，他曾严厉批评社会上某些人不肯下苦功夫站在前人肩头、只想踢倒前人的恶劣态度和作风。也正因为这样，他对我在北京大学首届优秀科研成果颁奖大会上讲到的一些意见（如"真理往往相对地不同程度地存在于多种学派、多种见解之中"，不能把"为科学而科学"看作"资产阶级治学道路"，等等），当众表示赞同和支持。

德熙先生对加强汉语研究和语言学研究有一整套具体设想。他曾酝酿在北大建立语言学系，并和我谈过这方面的打算。在现代汉语研究方面，德熙先生不但开发了语法研究的新学派，还和陆俭明先生、计算机研究所的马希文先生等合作，建立定期举行学术讨论的制度，为发展计算机语言研究进行探索。四川大学张清源教授两个多月前给我来信说："朱先生辞世，是一大憾事。他把现代汉语语法研究引向一个新的阶段，这话怎么说都不过分；他晚年还有新的、宏观的思考，可以说是壮志未酬。"可见，学界对德熙先生崇高的学术地位是公认的。

德熙师为人正直，疾恶如仇。他对学术上勤奋刻苦、有成就有希望的年轻人，总是奖掖爱护，关怀备至。而对削尖脑袋、不择手段、招摇撞骗的人，则深恶痛绝，耻与为伍。在个人回天乏力的某些场合，他宁可保持沉默，以沉默坚守良心。对自己的地位得失，他看得很淡。我们同在斯坦福的那半年，曾经谈到过许多事，涉及个人利害关系时，他常常淡然一笑，说："那些事随他去吧。"

德熙师死于癌症，却也死于贫困。他总想帮助儿女们在国外站住脚跟后再回来，因而在一再拖延中失去了时间。我甚至有点怀疑，他那样坚信马春大夫的气功治病，不去住院进行现代医学的诊疗，也许与他的医疗保险已经满期这一经济因素不无关联。

三个月前，在得悉德熙先生逝世时，我曾以传真发去一首《哭德熙师》的悼诗，现在录作此文的结尾，用以寄托我的哀思：

　　　　学界失柱石，青年失良师。

　　　　人民失忠骨，祖国失赤子。

儿孙失严亲，朋辈失相知。

如今燕园里，谁复为析疑？！

写于 1992 年 10 月 19 日

原载《朱德熙先生纪念文集》

语文出版社 1993 年版

我所知道的吴小如先生

我虽然是北大中文系 1956 年的四年制研究生，但正式入学已在 1957 年 2 月。记得就在我们入学之后不久，在当时的中文、历史二系所在的文史楼二层的墙上，贴出了一份小字报，责问吴小如先生为何在资料员李绍广已经为黄遵宪诗作注的情况下还要插手《人境庐诗草》集外诗的注释工作？这份小字报的撰写人是季镇淮教授。由于我当时学习的专业是文艺理论，不太关心中国文学史教研室方面的事，只把小字报看了一遍就过去了。1958 年冬，我被半途调进中国文学史教研室工作，才知道季、吴二先生都是文学史教研室的同事，也都是民主党派的成员：西南联大出身的季镇淮教授是中国民主同盟北大支部的负责人，治中国近代文学，也开过《史记》的课程；燕京大学出来的吴小如先生当时的职称还是讲师，却开过先秦文学的课，也开过工具书使用法的课，他是中国九三学社北大支部的成员。据知情的杨天石先生后来告诉我：1957 年，在季镇淮教授提出批评以后，北大九三学社支部内部曾经开过小会，由魏建功先生主持，吴小如在会上做过检讨和说明。他说他主要担心李绍广作为资料员，未必能把黄遵宪的集外诗注释得好，所以有此一举。此外，当时有一份周作人留给北大图书馆的有关黄遵宪的材料，吴也很想找来看看。那时有人认为吴小如先生家庭人口多，负担重，可能想增加一点稿费收入，吴先生本人置之一笑，完全不予理睬。

我自己后来听过吴小如先生的课，印象大不一样。他不但对儒家经书熟悉，而且通达诸子和《春秋》三传。《史记》方面根柢之深更不用说。课讲得很扎实，而且风趣，板书也漂亮。主要由他编著的《先秦文学史参考资料》稍后出版，学术界的反响非常好。我个人更是相当喜爱。其实，学术问题任何人都可以研究并发表意见，而非谁所能垄断。

在 20 世纪 60 年代初全国落实知识分子政策实行"脱帽加冕"——即脱去"资产阶级知识分子"的帽子，改称他们为"劳动人民知识分子"的过程中，北大中文系主任杨晦先生特别为知识分子"脱帽加冕"感到高兴。他几次在党内会议上发言称吴小如先生对中文系很有贡献，能开出"工具书使用法"这类为学生欢迎的课程，不可小看，应该提升吴的职称，不能老是让他当个"讲师"。1961 年前后是杨先生心情最舒畅的时期，他赞成《高教六十条》，主张坚决落实。1964 年北大党委重新贯彻"左"的路线（实际上是最高层的意图），杨晦先生明确表示反对，认为吴小如确实立了大功，属于"劳动人民知识分子"之列，尽管杨先生的言论被党委派出的工作组连续批判了十多天。

1972 年，我们和部分工农兵学员曾到密云穆家峪去劳动和学习过几个月，吴小如先生也和我们在一起。当时他已年过半百，仍给工农兵学员讲课，而且讲得非常出色。他是一位很受学生欢迎的老师。难能可贵的是，在"文革"问题上，他还实事求是地为魏建功先生这类前辈专家学者说了话。吴小如先生说：

> 魏（建功）先生在入"梁效"前，在中文系文献专业教研室一直受到"三日一小批，五日一大批"的批判，从而惶惶不可终日；而在"四人帮"倒台，"梁效"被示众之后，北大居民委员会竟强迫重病在身的魏师母去参加包括魏先生在内的批判"梁效"大会。会后魏师母便开始失语，直到 1980 年魏先生与世长辞，魏师母一直喑不能言，只能用手比比划划来同人打招呼。请问，魏先生究竟身犯何罪，要受到如此非人道的折磨呢？邵燕祥兄近有诗云："是非只为曾遵命，得失终缘太认真。"魏先生的悲剧，窃以为正在于他是一位十分认真的人，而对于当时党的最高领导人不折不扣地遵命，才导致这样的结果。[1]

---

[1] 吴小如：《陈学勇〈浅酌书海〉》，载《文汇读书周报》，2001 年 11 月 3 日。

吴先生的意见可谓仗义执言，非常切实中肯。

"文革"结束以后，杨晦先生因事已高（已近八旬）辞去了中文系主任之职。季镇淮教授接受了中文系主任的任命。吴小如先生便经周一良、邓广铭两位史学教授之荐，前往历史系任教。1984年春我当中文系主任后，想请吴先生仍回中文系工作。他本人却跟我说：很能理解我的想法，但那样会使他对不住周一良、邓广铭两位先生，劝我不必固执。尽管我们之间个人交往颇多，由此，我也只能尊重他个人的意见了。

吴小如先生长期在政治上都是一位积极追求进步的知识分子。1948年秋冬之交，正当他在燕京大学求学之际，就和同学中的中共地下党员周南关系非常密切。吴小如本人曾告诉过我一件事：当初周南想把国民党军队在北京西山一带的兵力部署，以及有多少碉堡建筑等情况摸清楚，就总要找吴小如各骑一辆自行车做伴在京郊"旅游"。北平最后当然是和平解放的，但北平的"和平解放"又与多方面的地下工作密切相关。除了傅作义将军本人及其家属之功外，也和当初周南、吴小如等的秘密调查紧密关联着。1990—1997年间，周南担任新华社驻香港分社社长，他还邀请吴小如的女儿、女婿到香港工作，可见他对吴小如先生的信任。

吴小如先生2014年5月11日以九十二岁的高寿去世。我至今想来还很不安的是，没有坚持陪同他去校医院好好检查他呼吸系统的疾病。他平时的自我感觉比较良好，自信有不适之感时让保姆送他去看病还来得及，因而未做任何应急的准备。这或许由他性格的过于强韧所致，但我终不能原谅我自己。

原载《中华读书报》，2017 年 5 月 10 日

辑二 记友

回忆我和柳青的几次见面

我虽然在 20 世纪 50 年代前期就读过柳青的《种谷记》《铜墙铁壁》等作品，1960 年起还研究《创业史》并陆续写过几篇评论，但我和柳青本人有机会见面，却在他于《延河》上发表《提出几个问题来讨论》的四年之后。

那是 1967 年 8 月初，我去西安作协机关住下后的第二天晚上。

西安地区天气竟是这么炎热，白天太阳底下晒着犹如烧烤，天黑下来依旧酷热得难以忍受。已是晚上大约八点钟了，仍然没有多少凉意。坐在室内想写点东西，挥汗如雨，手臂与纸张接触的地方全湿透了。连灯下看东西也不断冒汗，真恨不得浸泡在冰水里才好。于是只好走到室外去乘凉。

一位约莫五十多岁、理着平头的老汉，坐在院中水泥池边上，也正在纳凉。

我曾听人说过，柳青因"文革"中受到冲击，已和他的家人离开了长安县的家，住进了西安作协所在地，集中起来参加运动。他每天负责打钟，给作协机关报时间，莫非这位老汉就是他？

于是我走过去，有点冒失地发问："您是柳青同志吗？"

"是。您贵姓？"

"我是严家炎。"我伸出手去。

老汉也伸出他的手，和我握着说："啊！昨天听人说你到这里来了。咱们这是第一回见面吗？你来西安几天了？"

"昨天下午刚到。"

"西安天气和北京不大一样，夏天热得厉害。"

"是啊。早上还算凉快，白天和夜间都很热，真是大陆性气候。"

"倒不是因为离海远，还有一些具体的气候条件。"

于是，他打着手势说起影响西安这一带的气候条件来了：高大而绵延不绝的秦岭山脉如何围挡在从西南到东南的方位，西南与南方来的温湿气流如何受到阻隔，形成了西安地区暑天的蒸笼效应，……他讲得非常通俗易懂，又相当准确到位。

我从《创业史》中知道柳青对这一带地理、气候条件是熟知的，但熟悉到这种如数家珍的程度，理解得这么透彻，却出乎我的预料。它使我惊奇不已。

我问到他近期身体状况。他告诉我，他患的是季节性哮喘病，每当受到某些花粉或其他说不清的细小物质的感染，就容易引发很难受的哮喘，因此总得时刻小心，但眼下情况还算可以。当前使他感到着急的倒是另一件事:《创业史》第二部的稿子找不到,被某大学的造反派学生抄家时抄走了,现在不知落在何处。他担心会不会丢失。我听着也感到意外,甚为关切,却一时想不出什么好办法,只能向他建议,可物色熟悉该大学情况的人先去询问。①

大约聊到晚上九点,由于又到了应该打钟的时刻,柳青先与我分手道别,离开水泥池边打钟去了,我也回到了自己休息的房间。

第二天晚间,我和柳青又在纳凉时见面。他向我问到《关于梁生宝形象》一文写作和发表的情况。他问我:"那时你为什么要写批评梁生宝形象的文章?这是你个人的意见,还是有某位领导人授意——比方说像林默涵这样的人物支持你写?"我告诉他:"没有任何人指使我写这篇文章,我仅凭自己阅读《创业史》的艺术感受,而且是把作品读了两遍,做了许多笔记才形成的一些看法,总想把它写出来。在我的感觉中,《创业史》里最深厚、最丰满的形象确实是梁三老汉;梁生宝作为新英雄形象也有自己的成就,已在水平线之上,但从艺术上说,还有待更展开、更充实、更显示力度,眼前仍比不上梁三老汉,因此,不写就觉得手痒痒。只是我那篇文章中有些措辞

---

① 据中国青年出版社的编审王维玲先生后来告诉我:被某大学"造反派"抄走的《创业史》第二部的一箱草稿,最后由另一派大学生中名叫张长昌(现已去世)的同学从一大堆杂物中找出,并交还到柳青手中。

可能不太妥帖，斟酌得不够，直来直去，像'三多三不足'之类。"柳青问："你当时多大？"我告诉他："那时二十七八岁。"又补充说："有关《创业史》的最初三篇文章，都是 1960 年冬天到 1961 年夏天写的。《文学评论》编辑部起先对刊发梁生宝这篇有点犹豫，搁了一段时间，延到 1963 年才发表。"柳青马上说："如果是这样，看来我对这件事有点误解了。我总以为，批评梁生宝形象的那些意见不是你个人的意见，而是有人想借此来搞我，因此才在《延河》上发了那篇《提出几个问题来讨论》。"他又补充说："你谈梁三老汉那篇文章的看法，我是同意的，当时我跟《文学评论》的编辑同志也说过。""是跟张晓萃同志说的吧？""是，一位女同志。"

随后，柳青还很有感慨地说："在我们国家，一部作品无论怎么走红，好像也红不过五年。现在有人又主张'工农兵文艺'了，这种说法我不赞同。过去延安讲'文学的工农兵方向'，那还宽一点。1949 年以后讲'人民文艺''人民文学'，我的理解是更宽广了，现在怎么又退回到'工农兵文艺'的道路上去呢！这样下去，我这个作家感到自己实在很难适应今后的创作要求了。"又说："我这些话，即使被中央'文革'知道了，我也不怕。"

次一天的午后，柳青要一位家人来邀请我到他暂住的家中去吃西瓜，我见到了他夫人马葳和全家人，聊了一会儿家常话，感到很亲切。

临离开西安前，我与陕西作协红色造反队负责人之一的陈贤仲交谈了一次。我说了我个人的看法：建议对柳青这样的作家，应该早早解放。即使柳青比较崇拜肖洛霍夫，在家里挂他的像，恐怕也算不上是多大问题。陈贤仲也点头表示赞同。

1972 年，我在自身经历了一系列重大变故之后，于一个偶然的机缘，获知柳青夫人马葳前些年受迫害致死的消息，感到十分震惊和哀伤。我辗转相托，请人给柳青带去一本书，曲折地向他表达自己一点抚慰的心意。

真正与柳青第二次见面，已是"四人帮"垮台后的 1978 年。柳青当时因花粉过敏、哮喘病严重发作而住在北京朝阳医院，我和新华社徐民和相约一起去看望他。柳青鼻子上虽然插着氧气管，见到我们后谈话的兴致却很高。他告诉我："前几年因病来京住院时，很想见你一面，但未能联系上。"柳青这次谈话的中心，是做人的态度问题。他以自己在"文革"中的经历作为例证。他说："做人，总要有个原则。是一时迁就，随便表态好，还是坚持原则，看似顽固，不肯检讨，实际却坚持应该坚持的东西，符合革命的利益，究竟哪一种好？我是要坚持后一种的！不要不甘寂寞！郭小川闲得发痒，写了个《笨鸟先飞》，结果出了事。人家根本不要你，你何必凑上去呢！"又说："我为什么不检讨？因为检讨之后就会被结合进革委会，我不愿意被结合进去。"

柳青还说到自己"文革"前在家中挂肖洛霍夫像的事。苏联曾有人认为肖洛霍夫《静静的顿河》偷用了别人的稿子，但斯大林站出来保护了肖洛霍夫的名声，否定了此案。几十年后苏联又有人重新提出此案，加上中苏关系恶化，苏联的一切都等同于"修正主义"，于是"文革"中的柳青就蒙上了双重"罪名"。但柳青处之泰然。他说："我认为，学习创作的途径，除了从生活中学习，只有读作品。一部好的作品能带出一批年轻作家。1963年在成都一次会议上，当着周扬、林默涵的面，我就讲过这条意见。"他转而问我："你是搞理论、评论的，我不知你同意不？"我向他连连点头，表示自己是赞同的。

柳青又说："肖洛霍夫偷别人稿子可能不可能？不能说绝对不可能。斯大林想保护肖氏这样的名作家，与他自己的性格也吻合。但这能算是我的问题吗？"

可惜的是，柳青过早去世了。他不知道，在苏联，人们最后找到了肖洛霍夫创作《静静的顿河》的原稿，终于为肖洛霍夫洗去了别有用心的人强加给他的"污点"，也为柳青洗去了莫须有的"罪名"。

我们看柳青说得很多，很激动，怕把他累着了，就劝柳青别说了，暂且休息一会儿，由徐民和向柳青介绍了刚开完的文联扩大会议的情况。柳青说：他相信"文艺界的事还在发展"。历史证明，柳青的预言完全正确。

最后，我还想记述自己作为中国作协代表团成员参加"丙戌清明祭扫黄帝陵墓仪式"之前，在西安去柳青墓前祭扫并有幸见到柳青女儿刘可风女士，以及当晚和刘可风女士交谈的情况。下面不妨抄引我2006年4月4日的一段日记：

晚间，省作协在宾馆设宴招待京中来人，省委宣传部正副部长马、白均出席。省作协主席陈忠实、马部长、张锲团长先后致辞，省作协多位成员及柳青女儿刘可风也参加。会后刘可风访问了我，问了我1967年夏去柳青家与他父亲谈话的情况（她事先已问过陕西作协的王宗元），也谈了她在柳青晚年患病期间与父亲的对话。她说她曾向其父表示，她同意严家炎对梁生宝形象"三多三不足"的批评，柳青有点感到意外，后来柳也承认"理念"写得过多等缺点，认为严的批评不是没有道理，不过严的语气有挖苦嘲讽之处使他接受不了，他后悔自己所写《提出几个问题来讨论》的文章。刘可风赞同今天张锲在柳青墓前讲的严是柳的"诤友"的提法。

我觉得，可风女士和张锲先生这番谈话，也许可以作为本文所涉问题的结论。

原载《新文学史料》2012年第二期

怀念贻焮先生

从我进入北大中文系当研究生的时候起，就听青年教师们常常提到一位"大师兄"，他就是陈贻焮先生。后来自己留系工作，也跟着别人这样称呼他。其实，贻焮先生比我大将近十岁，应是我们老师辈的人物。他 1947 年就进入老北大国文系，因病休学过一段时间，院系调整后毕业，20 世纪 50 年代中期已有《王维诗选注》等著作出版。只因他待人热情，和善真诚，没有架子，大家都喜欢他，也就这样亲切地称呼他。而他童心未泯，也乐于接受这个称呼。

20 世纪 50 年代后期是政治运动接连不断的年代。先是反右派，接着又是"双反""拔白旗"，然后是反右倾，随即是批判"人性论"和进行"教学检查"。有些不幸者就在这一系列运动中倒下了，没有倒下的其实也是伤痕累累。陈贻焮先生自律甚严，坦诚"向党交心"，常作自我剖析，但他严守一条：从未批判或伤害过别人。他和游国恩、林庚先生等老一辈专家一样，也是个心胸敞亮、正直诚实的典型的老知识分子。尽管到了"文革"中，他因曾经写过一两篇历史题材小说而不免受到冲击，但他仍然心无芥蒂，做一切事都尽心竭力。即使在从事体力劳动方面，也毫不偷懒。他本有腰椎间盘突出症，不宜过重操劳，但 1969—1971 年在江西鲤鱼洲期间，他总是承担最繁重的任务。那时的劳动经常是夜以继日，有一次凌晨一两点钟还在运砖，我亲眼见到他半途休息之后无法站立起来，我劝他撂下砖头算了，他却仍然勉力坚持，顽强拼搏，硬是把几十块砖运到了目的地。那种精神，不能不使我感动。

1957 年起，长达二十年左右的时间中，中国高校的生活秩序一直极不正常。教学活动经常受到干扰和冲击。教师职称晋升工作则长期陷于停顿。贻焮先生的讲师职称，直到任教七年之后的 1960 年才获得；而副教授职称，则是在担任讲师十九年后才评定的。受此影响，住房拥挤问题也长期得不到解决。我常因此事为我们的"大师兄"抱不平。贻焮先生则有点像安慰我似的说："这类事摊上了，是没有办法的。20 世纪 50 年代前半期，领导上尊重老专家时，我还年轻，到了 20 世纪 70 年代末 80 年代初，领导上重视新生力量了，我已进入老年。真所谓：'时运不济，命途多舛，冯唐易老，李广难封'。"他引王勃《滕王阁序》的话，说得很是轻松风趣，我听起来却更觉沉重而苦涩。我无言以对，只得叹了口气。

贻焮先生学识渊博，学风又极为扎实严谨，治唐代文学之业绩，蜚声海内外。20 世纪 80 年代出版的百余万字皇皇巨著《杜甫评传》，更是贻焮先生几十年学问心血的结晶，也是他生命接近老年时所焕发出的耀眼光华，获得了国内和国际学术界的同声赞誉。美国斯坦福大学著名教授刘若愚、王靖宇，加拿大著名华人教授叶嘉莹等，均对陈先生的专业成就深表钦佩。在国内，我也曾亲耳听到原杭州大学教授徐朔方先生给予的极高评价，认为这部著作将是"多少年不容易超越的"（大意）。在这里，我愿意再引用一段孙静教授1986年春草拟而加上吕德申先生、周强先生和我四人联合署名的推荐意见（感谢王达敏同志为我从学校档案里找出了这份材料）：

《杜甫评传》在前人研究的基础上，有重大推进。它以巨大的篇幅对杜甫进行了全面的多层次的系统的综合研究。（一）以杜甫生活时代的政治经济、宗教哲学、文化艺术的丰富资料，完整地展现出当时的社会面貌，深刻地阐明了杜诗产生的历史背景、社会条件和杜诗反映现实的深度与广度。（二）对杜甫一生的生活与行迹做了具体细致的考索，有所发现和发明，如献三大礼赋的前前后后，壮游的踪迹等，澄清了前人一些模糊的印象。（三）如实地勾画出杜甫的真实面目，写出了处于复杂社会关系中杜甫的复杂的思想性格，使人具体感受到杜甫的社会地位、阶级属性、丰富的精神世界，他的进步性与局限性，克服了杜甫研究中的简单化倾向。（四）在众多作品的具体分析中，辨析前人的评论，提出切实的见解，对词义、本事、背景也多有考索，并联系同时代及前代后代作家与文学流派做纵向与横内的比较，从诗歌创作理论方面加以阐释发挥，对文学史和艺术论中带规律性的问题进行了新的探索，提出一系列新见解。诸如初盛唐重风雅轻六朝的思潮，杜诗对盛唐诗歌"旧法"的突破和对中晚唐诗歌的影响，盛唐和中唐"奇思"的差别以及作家素养对创作的潜移默化作用，艺术想象与生活实感的关系等，都显示出史的观察与理论分析的深度。（五）本书写作将义理、词章、考据和时代、作家、作品六者熔为一炉，在夹叙夹议的评传体中，具有论著的博赡、小说的文采、诗话的兴味，开创一种作家研究的生动活泼的新境界。书出版后受到学术界的重视与好评。

《杜甫评传》这一硕果能获得北京市首届人文社会科学优秀成果一等奖（北京市不设特等奖），绝不是偶然的。20 世纪 80 年代中期，全国性学术奖项尚未设立，《杜甫评传》所获殊荣，在我看来，是可以当作后来国家级的特等奖对待的。

贻焮先生的性格特点，我以为是率真，无讳饰，一切任情适性而行。记得 20 世纪 60 年代初，北京城里少数人家刚有黑白电视机。贻焮先生与吴组缃先生比邻而居，他的公子蓟庄大约四五岁，喜欢到吴先生家看电视，称电视为"小电影，还没长大"。贻焮先生向我转述这话时，特别得意，和孩子一样天真而高兴。他还将这件事写成一篇短篇小品，发表在《北京晚

报》上。还可以举一个例子：他对钱锺书先生极为崇敬，认为
《谈艺录》《管锥编》都是了不起的学术著作，但贻焮先生同时
也为钱先生未能在文艺学方面创立一个理论体系而多少表示惋
惜。他认为钱先生是完全有条件来实现这个目标的。从这些谈
话中，都可见出他为人之真率。

　　大约是三年前（1998？）的一天，樊骏兄突然接到贻焮
先生的一个电话说："我快要死了，你怎么不来看我？"我听
说后很吃惊，就和樊骏兄相约并找了钱理群兄两位一起到朗润
园贻焮先生家中探望。那次见面，海阔天空，聊得非常愉快，
陈先生说话虽然不如平时多，却给大家留下难以忘怀的美好记
忆。后来就逐渐传出陈先生病情恶化、已不大能认出熟人的消
息。如今想起几年前他给樊骏先生打的那个不祥的电话以及他
在清醒时刻安排的那次告别式谈话，我依然为他性格的真率、
无机心、不避讳以及勇敢面对人生的态度感到震撼。这也正是
贻焮先生——我们许多人共同的大师兄，永远令人觉得可敬可
亲的一个原因吧！

2001 年 3 月

原载《陈贻焮先生纪念文集》

缅怀樊骏学长

新年总是亲友间相互祝贺，分享节日快乐的一段时间。不过今年对我来说，仿佛有点特殊：元旦刚过几天，就遭受了带状疱疹——俗称"蛇缠腰"的病痛袭击，天天去医院输液、打针、治疗；才到 1 月 15 日，又突然传来樊骏学长逝世的噩耗，更使我陷入极大的震撼和悲痛之中。

我与樊骏先生都是上海人。20 世纪 40 年代后期念高中时，他在上海市内的麦伦中学，我在上海近郊的吴淞中学。他比我高一届。20 世纪 50 年代虽然同读北大，但他 1953 年就本科毕业，留在北大文学研究所（即后来的中国社科院文研所）工作，我到 1956 年才考进北大当研究生，当时我们还无缘相识。

我们真正相识，乃至逐渐相知，是在 1961 年 9 月编写高校文科教材的过程中。那时唐弢先生担任了《中国现代文学史》的主编，我和樊骏都在同一个编写组内工作。尤其到1963 年 6 月以后那段时间，现代文学史进入最艰苦的攻坚阶段，编写组大部分成员都已返回原单位，唐先生只留下他自己、路坎、樊骏和我四人，要在两个月内先把"五四""左联"两段完成。用唐先生自己的话来说："我们四个人边琢磨，边润饰，灯下苦干，往往直到午夜后三四点钟，才上床合眼片刻，每晚平均只睡两小时多一点。"① 任务如此繁重，时间又如此紧迫，唐弢先生后来就因心肌梗死发作而住院；路坎先生当时每晚盗汗，不久也因肠癌病故。樊骏和我由于处在三十上下的年岁，身体算是挺过来了。然而，我和路坎毕竟还挂着一个"责任编委"的名称，唯独樊骏却什么名义都没有：既非"五四"一段的责任编委，也非"左联"或"抗战"一段的责任编委，却实实在在地完成着"左联"一段的改写任务。他在工作中所显示的那种认真刻苦、一丝不苟、严以律己、不计名分的精神气度，确实使我感动和钦佩不已。足见，20 世纪 80年代的人们看到的他与两位年轻人一起撰写现代文学学科年评，总是把自己"辛宇"的笔名署在最后这类看来有点奇怪的事，樊骏是早在 20 世纪 60 年代就做着的。

这里我再说说 1997 年前后樊骏在香港的姐夫病故，姐姐因思夫心切，立下遗嘱后跳楼自杀的事。这件事情当时香港报纸有较详细的报道。报道中提到，樊骏的姐姐、姐夫都是基督徒。也就是说，他们相信自己身后会回到上帝那里去。姐姐因自己并无子女，留下遗嘱将不算很多的遗产分别给了她三个弟弟。樊骏为了处理姐姐的遗嘱，特地到我家里，找内子卢晓蓉

---

① 《严家炎著〈求实集〉序》，见《唐弢文集》第 5 卷。

打听香港办理遗产继承的相关法律手续。樊骏当时想将自己分得的姐姐家那份约二百万元的遗产捐赠给中国社科院作为基金，但是双方谈来谈去，社科院领导好像对此并没有多大兴趣。于是，樊骏决定将这二百万元拆成两半，一半留给文学所，一半留给中国现代文学研究会作为王瑶学术奖，而且他一再嘱咐我要保密，绝不能泄露是他捐赠的，我也一直严格遵守这条保密协议。无奈几年后有一位知情的上海朋友不谨慎将此事捅了出去，樊骏知道了非常恼火。于是我只好劝他索性公开，这样，也就从 2002 年起正式开始了王瑶学术奖的评奖工作。在樊骏，这种不计名利之心、宁可隐姓埋名的愿望确实是极其真诚的。我曾经劝他用自己的名字设奖，他绝对不同意。这类例子还可以举出很多。例如，大百科全书中国文学卷里现当代文学部分，他曾经参加修改了不少稿子，但最初他也不肯挂名。还有，王瑶先生逝世后 1990 年那次杭州年会所产生的理事会上，叶子铭先生（据他本人告诉我）本来提名樊骏做中国现代文学研究会的会长候选人，这是顺理成章的事，因为樊骏原先已是副会长，但樊骏坚持不干，他推说自己只出版过一本书，硬把我推上去替代他，恰好我当时正在香港中文大学做访问学者，没有出席那次会议，无从为自己申辩。后来，在既成事实面前，我只得坚持一个"强制"的条件：就是会长不兼《中国现代文学研究丛刊》的主编，而必须由樊骏来当《丛刊》的主编，他才接受了。

总之，樊骏做人的原则是：宁肯本色地做实事，不愿苟且地挂虚名。这体现了他一贯热心公众事业，同时又极其重视学术发展的崇高精神风范。樊骏先生作为研究中国现代文学的著名专家和最早的学科带头人之一，半个世纪以来，用他认真扎实、勤奋刻苦的工作态度，精益求精、严谨创新的优良学风，以及大量高素质的富有理论深度和前瞻性眼光的学术成果，为文学史研究（尤其史料学研究）、老舍研究和整个中国现代文学的学科建设都做出了突出的贡献。

樊骏也非常关心朋友，关心他人。记得在 1963 年夏秋之交那段时间里，每当吃过晚饭后的二三十分钟，他和我两个人总要散散步，聊点共同有兴趣的问题。比方说，我因为此前曾发表过谈论梁三老汉和梁生宝艺术上谁高谁下的文章，当时正受着不少报刊的批判。樊骏在这方面是支持我的，他还帮助我出过反批评的主意，使我有勇气在第二年（1964）写出《梁生宝形象和新英雄人物创造问题》的反驳文章。再比方说，樊骏同陈贻焮先生都是北大中文系本科毕业的同窗好友，他们在专业上却离得比较远，一个搞现代文学，一个从事魏晋南北朝至唐代文学的教学和研究，相聚机会很少。有一次，正在病中的陈贻焮先生大概感到寂寞，突然给樊骏打电话说："我快要死了，你怎么不来看我呀？"樊骏把这话告诉了我和钱理群，于是我们三人相约，一起到陈贻焮家中，去看了患有脑瘤的陈先生。那天聊了很长时间，聊得非常活泼愉快，让陈先生的心情好了许多。樊骏 1957 年下半年起曾经下放到河北平山、昌黎等地劳动，后来一到春节或新年前后，他总要花一两天时间到平山县农村去看看自己当年的房东，与他们一起过年。但另一方面，樊骏却不大肯接受别人对他的关心帮助。比方说，当我们两人在一起的时候，我问他：独身生活可不可以改变一下？可不可以结婚？谈到周围朋友愿意帮忙，我想吃他的喜糖，等等，他就不答话了，表示不愿意谈这类问题，总是一副很固执的神态，毫无商量的余地，叫人无法可想。只有一次例外：那是他2003年春天脑血栓出院以后，我和卢晓蓉上他家去看他，发现他思维、记忆、语言尤其涉及数字时总是不顺畅，甚至会出错，好像脑神经搭错了线似的。于是我们建议他，可不可以再找有经验的脑血管专家进行检查和治疗，这次他接受了。我们就找了一位曾经在北京医院工作过的朋友余立江，通过他找到北京医院的脑血管科主任秦绍森大夫，在那年8月初陪着他到医院去看了一次病，想帮助他消除或减轻思维和语言上的障碍。先前给他看病的陈大夫认为，脑血栓发病六小时内治疗有效，过了六小时已经没有太多办法，只能慢慢康复。而秦大夫则注意到了樊骏有房颤而未用过适当的药，容易导致血栓复发，但因樊骏同时患有痛风，只好约定一个多月后再住院治疗。我不知道樊骏年前这次大出血，跟平时的房颤有没有关系了。

半个世纪来和樊骏先生的接触和相处，使我感受到他为人的基本态度是：尽量要多为社会做点贡献，同时要少向社会伸手索取。作为学者，其具体途径当然是通过学术。在今天，樊骏这样的人是很少的了，但是还有他，这是我们社会的幸运，希望这样的人能尽量多一些。从我个人的感觉来说，这种人生态度的形成，可能有三方面的因素或者说有三个来源：一是传统文化中儒家、墨家仁爱精神的影响，那是无形地潜在地渗透在我们民族文化的血液里的。二是马克思主义理论的学习和革命的热血凝结成的，这也许就是朱寨先生有一次称樊骏为"非党的布尔什维克"的理由。我个人认为，这种因素在樊骏身上也是存在的。三是青少年时代起所受到的基督教哲学的影响，这也许是樊骏所受的最深的影响。樊骏所上的麦伦中学，就是上海的一所教会学校，我有个初中同学刘南治，也在这所中学上高中，我听他说到过学校在这方面进行的相当多的教育。樊骏的姐姐、姐夫也是虔诚的基督教徒。从与樊骏的交往中，我确实感到他深受基督教精神的濡染。马克思主义经典作家把宗教称作"精神鸦片"，这是从启发群众革命觉悟的角度来说的。但我们如果仅仅从这个角度来评估宗教，那就把宗教的社会作用简单化了。基督教义确实宣扬博爱，倡导忏悔，佛教甚至反对杀生，它们都提倡慈善事业，而且都是相当真诚、身体力行的。在樊骏身上，我们确实可以感受到宗教精神有其积极的方面。这是我的一点不同看法。

2011 年 3 月 12 日至 20 日陆续写成
原载《新文学史料》2011 年第二期

怀念曹先擢先生

不觉之间，曹先擢先生已离开我们将近两年了。在那之前我去了加拿大几年，所以我们实际上的分别已有约六年时间，可是他的音容笑貌在我心中还是那么清晰鲜活，往事历历在目。

1956 年秋，我考进北大读副博士研究生，先擢兄则早我两年进入北大中文系读本科，由此我们相识。先擢兄 1958 年毕业后留校当老师，就在那个阶段我们俩曾在十九号楼的同一间寝室居住了数月。我学的专业是文学史和文艺理论，先擢兄的专业则是古代汉语，但这并没有影响我们的沟通交流。那时候我就发现，先擢兄学习很刻苦努力，注重练基本功。对于一般人都认为枯燥乏味的文字学、音韵学、语义学、训诂学等，先擢兄聊起来，均能旁征博引，信手拈来，情趣盎然，美不胜收，令我很佩服。

我于 1960 年被学校安排提前结束学业，担任了二十多名外国留学生的主讲教师。先擢兄则一直担任古代汉语教师，到

1970 年开始主持《新华词典》的大规模修订。他 1979 年回到北大后仍然担任古汉语教学工作。1984 年到 1989 年间，我任中文系主任，先擢兄任系党委书记，我们在工作上配合得相当协调默契。后来他调国家语言文字工作委员会任秘书长、副主任，兼语言文字应用研究所研究员、所长。我们虽然不常见面，但因志趣相投，而且性格也相近，所以从未中断联系，深厚友谊长达近六十年，彼此亲如一家。1976 年地震后，为了安全，我们曾受邀把女儿送到先擢兄家过夜，那时他们住在中关园的平房里。孩子们也成为知心好友，虽先后出国，相距万里，仍保持着联系，现在有了互联网，微信更是从不间断。

先擢兄不仅有着渊博的学识，还有着高度的教学责任感。他曾师从北大的几位著名大师——王力、魏建功、周祖谟、高名凯和北京师范大学的陆宗达，发扬光大了他们的师德与师风，不仅攻克了古代汉语教学中的重重难关，把古代汉语的教学与博大精深的中华传统文化有机地结合在一起，还呕心沥血，循循善诱，育才施教，诚可谓桃李满天下。先擢兄还写得一手漂亮的小篆，他在课堂上的板书不啻是书法艺术享受。他的一个学生，读研究生时上过他四十个学时的段玉裁注《说文解字》课，想不到后来竟靠了先擢兄给她打下的功底，在异国他乡安身立命。她教的中文课很受当地政府官员和中文学校学生及家长的欢迎。她在一篇纪念曹先生的文章中说：听了曹先生"侃"汉字的课，"不难发现几乎每一个汉字就是一部文化书，而这千千万万个汉字又共同组成了一部独特的中国文化史"。[①]

先擢兄在我心中虽故犹生。

2020 年 7 月 28 日写于北京寓所

[①]　王景琳:《教我说文解字课的曹先擢老师》, 载《中华读书报》, 2020 年 3 月 25 日。

长长的瞬间

每当回忆起在北大的三十多年生活，我眼前总会浮现一副熟悉的面庞上闪露的纯真、友善、亲切、温暖的笑容，一种出现在困难时刻而令我永远难忘的笑容。

那是 1968 年。这年冬天在我记忆里特别寒冷。清理阶级队伍一开始，全系教师不分老少，都被工军宣队勒令迁居到十九楼单身宿舍里。北风呼啸，阴云密布，衰草瑟缩，好像整个冬天没有什么阳光。每天几乎都有新的"阶级敌人"被揪出来示众的消息。终于有一天，我也被作为"现行反革命"批斗了。开过批斗会的那天黄昏时刻，听着楼外高音喇叭传出的"样板戏"主人公的唱段："时令不好，风雪来得骤……"我立时触电似的，浑身毛孔都感受到一阵寒意猛烈袭来，不禁打了一个冷战。我并无食欲，却麻木地下意识地走向食堂，一路上尽量低着头，避开与人们接触，以免给他人或自己招来什么麻烦。

"你怎么现在才来？还没有吃晚饭么？"有人在食堂门口，

挡住了我的去路，关切地发问。

我吃惊地抬起头，在昏暗的灯光下，看到了一副熟悉而又友善的笑容。这笑容是这样纯真、亲切、温暖、深情，一下子铸刻到了我的心底。显然，这位平时和我很少交谈的同事，在这个极严峻的时刻，向我伸出了充满友情的手，他丝毫没有把我看作"反革命"，好像根本不知道下午刚开过批斗会，应该同我划清界限一样。

我知道那阵子在我身边或身后，经常会有一两位"监护人"，所以只匆忙地向他点了点头，轻轻"唔"了一下，就慌乱地走向卖饭菜的窗口，并没有正经回答他的问题，他却随着我走向窗口，直到看我买好饭菜，坐下来用餐，才默默地离去。

　　……

这一瞬间发生的小镜头，至今已过去了二十年，我猜想"他"这位当事人也许早已忘记（以后多少年中，再没有听见他重提过此事）。但这个镜头却一直摄印在我心灵的胶片上，并将永远留存下去。"涸辙之鲋"，"相呴以湿，相濡以沫，不若相忘于江湖"。在水阔天空、鱼跃鸢飞的今天，忘却这类镜头，也许未必是悲剧而是喜剧，但我却还是难以淡忘。因为我觉得，这里体现着一种友善、诚挚、磊落、无畏的处世态度，体现着北大人在任何境遇中敢于讲真话、办实事、为人民坚持真理的可贵精神，体现着由民主与科学的传统结晶而成的人生真谛。它永远给我以温暖和勇气。

一瞬间，在我心中是这样长，这样长！

1988 年 1 月 2 日

附记

收在《精神的魅力》一书中的这篇千字短文，作于北大九十周年校庆前夕，转眼又是十四年过去了。文章提到的1968 年"清理阶级队伍"中的一些镜头，仿佛仍在眼前；但文中这位真实的主人公，我没有写出其真姓名的同事，如今却也离我们远去了。"他"是谁？就是许多中年以上老师都熟悉的，听过他课的同学更十分尊敬的赵齐平教授，他离开我们至今已十余载。想到这位师兄令人难忘的音容笑貌，想到他在病床上为安慰别人而说的"五十多岁已不算夭"的话，心中更觉黯然。

2002 年 8 月 29 日
原载《精神的魅力》
北京大学百周年校庆纪念集

忆子铭兄

我和叶子铭先生相识，至今已有三十七八年。论年龄，他比我小两岁，但学问上他是兄长，功底扎实，善于钻研，出道早，成名也早。20世纪50年代末，他就以大学毕业论文为基础，经过修改扩充，出版了专著《论茅盾四十年的文学道路》。这本书不但是第一部研究茅盾的系统著作，而且书中发掘和介绍了作家早年撰写的大量鲜为人知的重要文章（如《论无产阶级艺术》等，有些连茅盾本人也早已遗忘），可以说对有关领域做了意义重大的开拓，因而理所当然地受到前辈和同辈文学研究者的器重。大概因为书前有叶以群先生的《序》，当时曾有传言说子铭是以群的侄子。后来我和子铭兄相识了，才知道这纯属无稽之谈：他们两人除了一个"叶"字以外，实在毫无瓜葛。而且子铭兄和我们时代众多的知识分子一样，还经历过不少坎坷曲折。1957年，他大学毕业那年，就由于对历次政治运动的某些做法有不同意见而受到批判，以致后来改行考上了中国古代文学的研究生。子铭兄在学业上的成就，完全是他长期勤奋精进、刻苦努力的结果。

现在已说不清我和子铭兄第一次见面的具体情形,只记得那是在 1962 年 10 月北京前门饭店举行的"中国现代文学史提纲讨论会"上。当时中宣部常务副部长周扬,经过 1958—1959 年群众性的学术批判和编写教材运动之后,正在花大力气抓上百种高校文科教材的建设。以中文专业那时正在编写的教材为例,就有游国恩等主编的《中国文学史》,唐弢主编的《中国现代文学史》,蔡仪主编的《文学概论》,以群主编的《文学的基本原理》,郭绍虞主编的《中国历代文论选》,朱东润主编的《中国文学批评史》,王力主编的《古代汉语》等。其中《文学概论》《文学的基本原理》《中国现代文学史》三种还是周扬亲自抓的。子铭兄和我便分别从 1961 年前后起,参加了以群先生主编的《文学的基本原理》和唐弢先生主持的《中国现代文学史》两本书的编写工作。到 1962 年夏天,现代文学史已写出十多万字有详细论点并经唐弢改定的提纲,排印之后,经文科教材办公室批准,邀请周扬、夏衍、林默涵、何其芳、邵荃麟、张光年、严文井、冯至、王朝闻、杨晦、何家槐、蔡仪、王燎荧等在前门饭店连续开三四天会,边审阅边提意见(周扬事忙,并不能经常参加)。有一天,以群先生和子铭兄也出现在我们会场上(据说他们是从上海专程到北京向周扬同志汇报工作和请示问题的)。主持人唐弢先生请他们两位发言。以群先生讲了《文学的基本原理》一书在写作过程中遇到的问题以及他们自己的想法。子铭兄则讲了中国现代文学史要写得准确，必须趁作家们尚健在时多做调查，多了解情况，以免将来留下一笔笔糊涂账。他举例说，《子夜》中的赵伯韬，有人认为作者有意影射宋子文，这理由好像很充分，因为两个名字似乎有对应关系：宋朝皇帝姓赵，人们经常把"赵宋"二字联用；而"伯"和"子"在爵位顺序上也十分靠近；"韬"与"文"又确有关系，成语"文韬武略"可供佐证。但他去问茅盾，茅公本人完全否认，说作者绝无此种意图。可见，文学的考证必须谨慎……子铭兄这番话，引起人们很大的兴趣，至少在我头脑中留下很深的印象，所以至今还记得。

那次前门饭店现代文学史提纲讨论会上，只有子铭兄和我两个是二十多岁的年轻人，我们见面之后，立即觉得很亲近，真有"一见如故"之感。我对他很钦佩，跟他开玩笑说："你应该脱离《文学的基本原理》，到我们现代文学史编写组来。"他说他的兴趣仍在中国现代文学方面，但对以群同志感情上欠着一笔债，决心要帮以群同志完成这本书，好在全书定稿已经在望，不会拖得太久。子铭兄和我相约：以后双方多写信，互通声气。他还嘱托我把几天后周扬将要做的讲话，尽可能记录得详细一些寄给他。我遵照他的嘱咐，在周扬同志讲话时高度紧张地做了记录，连同其他重要与会者的发言，把厚厚一叠字迹潦草的记录稿挂号寄往上海，自己都来不及仔细校阅一遍。过了一段时间，我收到子铭兄的挂号信，并附回了会议记录。打开一看，原始记录上的错字或难认的字，都被他用红笔标了出来。例如，《芳草天涯》的"芳"字，我在情急之中竟误写为"荒"字（吴语中"荒""芳"同音，而意义相反），就由子铭兄改正了。我为我的粗心草率惭愧无地，也对子铭兄的认真细致深感佩服。从此，我们之间渐渐通起信来，即使在我因评论《创业史》和"中间人物"论问题上受到许多报刊批判时，子铭兄也并未嫌弃我。

"文化大革命"中，我先是成为"文艺黑线人物"，后来又成了"现行反革命分子"，陷入"亲朋无一字"的境地，当然没有心思也不大可能再与子铭兄保持联系，但还时常惦念着他。偶尔听到传闻，说子铭兄在劳动。有一次，则传来南大中文系有位平时写写文章的教员自杀的消息，有人猜是叶子铭，我惊疑而不敢相信。直到北大和南大都招收工农兵学员之后，我们才又恢复通信，交流教学改革的做法。"文化大革命"结束后，子铭兄来北京办事，住在友谊医院附近的北纬饭店，我去看望他，聊起"文化大革命"中的许多情形，恍如隔世。他笑谈他吃过的一些苦，也说到当年有关他自己的种种传闻。我向他问到与我有过文字之争的秦德林先生的境况，他告诉我："因卷进两派斗争，1968 年上吊自杀了！"我们都不禁喟然长叹！

大约 1979 年初夏，子铭兄又来北京。当时中国现代文学研究会已决定与北京出版社合作创办《中国现代文学研究丛刊》，会长兼主编王瑶先生要我作为副主编负责《丛刊》创刊工作。我就约子铭兄为《丛刊》创刊号写稿，得到他的大力支持，同意撰写有关《春蚕》的文章，并允二十天左右交稿。他回宁后，在 7 月 15 日给我的信中说："从十号以后，我开始考虑关于《春蚕》的文章，拟谈两个问题：①关于《春蚕》的生活基础与艺术构思问题，主要谈茅盾'一·二八'后回乌镇事，立足于纠正自己在《论茅盾》一书里的不够准确的说法。茅公三次否认的情况也谈了，并摆了一些材料。②关于老通宝形象的典型意义问题，想从一则日本关于蚕的神话说起，发点议论。文章已开始写，八千多字，二十号前可寄出。"虽然此稿最终因子铭兄事务繁忙，后来只谈了前一问题就收尾（即《〈春蚕〉琐议》），但于此亦可见子铭兄严谨求实的学风。

在此前后的另一件事，则可见出子铭兄虚怀若谷的胸襟和认真负责的精神。当时他编辑的《茅盾论创作》一书已定稿，茅盾本人亦已基本审阅完毕。我告诉子铭兄：茅公有篇《〈地泉〉读后感》，同其他四位左翼作家的序文一起发表在长篇小说《地泉》第二版上，这对于说明 1932 年前后左翼作家创作思想的变化（一定程度上克服"左"倾幼稚病）很有意义，似可收入《茅盾论创作》一书中。子铭兄对我这建议很重视，他在 1979 年 8 月 3 日自南京来信说："《〈地泉〉读后感》我一直未找到，故这次为上海编的《茅盾论创作》及《茅盾研究资料》均未收。因兄提醒，我已驰书征求沈老意见，争取在《论创作》中补收。你那里既有《地泉》第二版，望接信后即代为复印一两份，所需费用容后补还。"8 月 10 日又来信说："顷接韦韬（即沈霜，茅盾儿子）、陈小曼（茅盾媳妇）信，茅公想看看《〈地泉〉读后感》，以便决定是否收入《茅盾论创作》一书中。但他们在北京找不到《地泉》第二版，所以我想麻烦你，能否把此书借给茅公一阅。"我遵照子铭兄的嘱咐做了。果然，茅公很赞同子铭兄的意见，决定将此文收入《茅盾论创作》中，并改正了原文排印上的一个错字。

子铭兄很念旧。从我们相识时起，我就常听子铭兄说到南大中文系主任俞铭璜先生的一些事迹，如他的平易近人和爱惜人才，他的远见卓识以及在建设南大中文系过程中所做的贡献。俞铭璜先生原是华东局宣传部的副部长，为人好，文笔亦好，以他的地位和才能，原可高官厚禄，养尊处优，但他宁愿到基层工作，从 20 世纪 50 年代起，当南京大学中文系的主任，而且真抓实干，不是挂个虚名。尤可称道的是，他懂得尊重知识分子。可惜病魔过早夺去了他的生命。直到"文化大革命"结束以后，我有时仍听子铭兄充满深情地说起他。另一个例子，是对待叶以群先生。我曾多次听子铭兄谈到，以群先生作为一位长辈，20 世纪 50 年代在那样繁忙的工作之余拨冗读子铭的书稿，既严格地提出修改意见，又诚挚地奖掖后进，极其令人感念。子铭兄始终感激他的关怀和帮助。以群在"文化大革命"中被迫害致死，子铭兄怀着无限沉痛的感情悼念他。20 世纪 70 年代末 80 年代初，子铭兄主持《文学的基本原理》（以群主编）的修订工作，同事们推举他当副主编，他只同意做实际工作，却坚持不在书的封面上挂副主编的名字，认为这样才能纪念以群先生。这些事情都可见出子铭兄对待亲友的纯真品性。

四十多年来，子铭兄对南京大学中文系的师资建设和学科建设，做出了重大的贡献。20世纪80年代前半期，在他当系主任期间，就非常重视落实知识分子政策。著名的中国古典文学教授程千帆先生从武汉大学调到南京大学，就是在匡亚明校长的支持下采取的一个重大举措。由子铭兄亲自去武汉，打通若干关节，将已届高龄的程先生从武汉接到了南京。此后，在程千帆教授主持下，完成了全清诗整理的国家项目，建设了一支梯队完备的古代文学教学和研究的师资队伍。在现代文学方面，南大领导不仅充分尊重并注意发挥中文系老一辈专家陈瘦竹教授的作用，还聘请陈白尘先生担任中文系主任，使南大成为现代小说、现代戏剧教学和研究的重镇（有一段时间几乎把北大的钱理群教授也要吸引过去）。南大中文系两年前能在一级学科上取得博士授予权，这是包括中文系在内的南大领导和老师们上下齐心奋斗的结果，也是和子铭兄的精心筹划、不惮辛劳分不开的。

叶子铭先生同样重大的贡献，还在中国现代文学的学科建设上。他从20世纪50年代研究茅盾开始，就十分重视原始资料的掌握和搜集整理，认为这是整个研究工作的基础。这体现了子铭兄治学的严谨和开创性。我们只要翻翻两本《茅盾文艺杂论集》和一本《茅盾论创作》，就不能不为子铭兄搜罗资料之完整丰富和所下功夫之周到细密深深折服。他不仅在茅盾研究上做出了众所周知的贡献，而且在五四新文化运动的研究上，在现代小说史的研究上，在其他一系列作家作品的研究上，也都有很好的建树。如果说中国现代文学学科正在逐渐走向成熟的话，那么，叶子铭先生的一份功绩也绝不会被人们忘记。

原载《别梦依稀：叶子铭教授纪念集》

南京大学出版社 2006 年版

缅怀王富仁教授

今年 5 月上旬，突然听到王富仁教授在北京逝世的消息，令我十分震惊和悲痛。

富仁先生胸怀十分高远，为人极其正直，是我今生交往的最善良、诚恳、真挚的好友之一。我们有许多共同的爱好。我们都把李何林先生视为两人共同的好老师（李先生是王富仁当博士生时的导师，他称李先生为"一身铁骨铮铮"）。我们更是非常尊敬和热爱鲁迅，把鲁迅看作我们自己终身的导师。1984年 10 月，我参加王富仁博士论文《中国反封建思想革命的一面镜子——〈呐喊〉〈彷徨〉综论》的答辩会，虽然提出过若干问题，同时却也真切感受了这篇学位论文的足够厚重和巨大劳动量，深觉佩服。

在先辈王瑶先生去世之后，我和富仁两个当时的中年人，曾先后接任了中国现代文学研究会多届会长职务。但只有富仁才是真正称职的会长，富有创造性地尽到了自己的责任。他不但在言论上肯定舜文化，而且从根本精神上研讨舜文化的现代转换，吸取儒法墨道诸家多方面的长处，以寻找中国文化传统现代转换的"钥匙"。在《舜与中国文化》一文中，王富仁先生说："鲁迅的文化寻根，没有到禹而止，而是继续向历史的深处回溯，一直回溯到中国古代神话中的中华民族的始祖——女娲。在小说《补天》里，鲁迅实际是把女娲作为中华民族的母亲来塑造的。""女娲作为中华民族的母亲，就是我们生命的创造者，就是我们生命的保护神。我们看到，正是在'人的生命'或'有生命的人'这个根柢之上，鲁迅建立了自己独立的文化观念，进行了有别于中国传统知识分子的思想追求。在他的观念里，生命不是为国家而存在的，国家却应当是为生命而存在的；生命不是为文化而存在的，文化却应当是为生命而存在的；生命不是为道德而存在的，而道德却应当是为生命而存在的。要说中国文化传统的现代转换，这就是中国文化现代转换的基本内容。没有这样一个转换，所有其他的转换都不过是一种文化的新包装。从以国家为本位的国家文化向以人为本位的社会文化的转换，就是这种转换的本质意义所在。鲁迅的《我之节烈观》和《娜拉走后怎样》，鲁迅的《灯下漫笔》和《春末闲谈》，鲁迅的《记念刘和珍君》和《为了忘却的记念》，鲁迅的《孔乙己》《故乡》《阿Q正传》和《祝福》，无不表现出对人、对人的生命的关切，无不体现着中国文化由以国家为本位的国家文化向以人、以人的生命为本位的社会文化的转换。所以要谈中国文化的现代化，离开鲁迅是谈不通的。"

论述得多么深刻，多么切中肯綮啊！

2014年4月，王富仁教授、杨庆杰主任邀请我到汕头大学为中文系学生讲两次课。他们的热忱态度，实在令我非常感动。不仅杨主任亲自到揭阳机场来迎接，当晚还在系里设宴招待我们。而王富仁先生个人又在第三天晚上特意邀请我们到汕头市内去吃潮州菜，我个人无论怎样劝阻、辞谢都不被采纳。他还请了汕大五位老师作陪。这一切体现了王富仁先生待人的真挚与诚恳，令我一辈子不会忘记。

更让我意外，并使我震撼的是，据高远东先生相告：富仁教授患的是肺癌，在北京做了治疗，因癌细胞已扩散，只得又做放疗，因而被折磨得相当痛苦。后接汕头大学彭小燕女士来函方知，富仁教授早在2013年5月下旬曾做了一个特别紧急的动脉血管支架手术，几乎是一个抢救式的手术。发现肺部的不好，是在2016年5月20日前后，因为咳嗽比平时厉害，并且低烧数日，遵心血管科的医生建议住院，并转呼吸科治疗。呼吸科的主治大夫怀疑是恶性肿瘤，告知了家属。他的两个孩子立即从北京赶到汕头，接他去北京确诊并治疗。——这一切都是我在汕大时毫无所知，至今愧悔不已的。

王富仁教授共撰写了著作二十多种（包括专著、论文集、散文集等），几乎全部是独力研究的结果，只有一种是他与别人合撰的。这些著作既有相当的知识宽广度，又有丰厚的理论纵深度，应该说在相关的专业方面做出了很大的贡献。像《鲁迅前期小说与俄罗斯文学》《中国反封建思想革命的一面镜子——〈呐喊〉〈彷徨〉综论》《中国文化的守夜人——鲁迅》《〈雷雨〉导读》《中国现代文化指掌图》等，足可使作者成为中国现代文学与文化研究方面的一座重镇。

至于单篇论文如《鲁迅研究的历史与现状》《闻一多诗论》《悲剧意识与悲剧精神》《中国现代主义文学论》《西方话语与中国现当代文化》《文事沧桑话端木——端木蕻良小说论》《触摸语言——徐志摩〈沙扬娜拉〉赏析》《推荐冯至〈山村的墓碣〉》《梁实秋〈雅舍〉赏析》等，都颇有审美上的独到见解。他所提出的"新国学"的学术理念，亦已在国际、国内引起了重大反响。

王富仁教授是永远值得我们怀念的。

2017 年 8 月 27 日改定

家炎先生尊鉴：陈墨先生所撰《金庸的小说世界》一
文，阐述甚善，敬志，甚为多知国事隽暑有出入，谨
修正奉上，请菁神代转陈先生，所以者均为先生，不
敢自居，诸希荩注，至纫盛意。

作者相知日久，亦早期素识先后冯善庸先生为师友之间，
而平辈相称，即惯不辞未北方列先生门墙也，今後通函，
眈以平辈相称，先生或戴年长，亦为吾辈光，多感荷
王国维先生，陈寅恪先生诸贤神韵致，日後来京，当造门奉访，
一聆 先生教诲。专此 即请

大安

弟 金庸谨上
九廿八．

金庸先生写给严家炎先生的信

回忆我与金庸先生的交往

惊闻金庸先生因病逝世的消息，心中深感悲痛！二十多年来，与先生交往的情景似乎还亲切鲜活，历历在目。

1991 年，我曾在旧金山一个华文文化中心讲过两次金庸小说，当时在座听讲的陆铿先生不久即在香港一家刊物上作了较详细的报道。但那时我尚未与金庸先生本人见过面。

我与金庸先生真正相识，是 1992 年到香港中文大学做三个月研究期间。那是在文化界十一二位朋友相聚的一次小型宴会上，由陆铿先生介绍；金庸先生热情接待了我。宴席结束时，金庸先生又约我几天后到他的山顶道一号家中小聚。这次"小聚"倒真是一次相当酣畅的欢聚。我们从各自少年时的兴趣爱好说到武侠小说，又从武侠小说聊到金庸的新武侠；再从金庸小说谈到围棋，又从围棋胜负聊到顶尖国手陈祖德以及金庸向他学习棋艺；再从香港将要回归聊到金庸参加香港基本法的起草以及目前的辞职……总之，是我向金庸先生请教了许多问题。一直到厨师送来了下午的点心，我们的谈话才告一段落。餐后，金庸先生亮出旁边小桌上放着的三十六册第二版金庸小说，将它们送给了我。我当然非常高兴和感谢，随后向主人告辞。金庸先生又要他的司机驾车送我回中文大学的住处。

第二次与金庸先生见面，记得是在 1994 年 10 月，北京大学经国务院批准，聘请金庸先生为名誉教授的仪式上。北大法律系教授同时也是香港基本法起草委员的萧蔚云，中国人民大学教授、国学院院长冯其庸，都出席了这次隆重仪式。我在仪式上为金庸小说发表了《一场静悄悄的文学革命》的贺词，这篇贺词稍后发表在《明报月刊》上。金庸先生对此特意表示了感谢。

这之后，我们又在北大、大理、海宁、台北、科罗拉多等地的"金庸小说国际研讨会"以及在"华山论剑"的活动中多次见面，还一起畅游了九寨沟、峨眉山、青城山，欣赏了壮观的钱塘潮。我每次去香港，大概也都会与金庸先生见面，地点或是在他家中，或是在嘉华国际中心二十五层他的办公室，或是直接在太古广场的夏宫餐馆。在我记忆中，嘉华国际中心二十五层办公室曾去过多次，连他陈列在那里的书籍也都相当熟悉。尤其给我留下深刻印象的，是金庸先生办公桌上有一副非常特别的木质斜面写字台板。我曾向他请教，这副写字台板有何用处？金庸先生相当得意地让我猜测。后来他告诉我，这是他自己设计的，写字台板装有可调节斜度的齿轮，能让写字者保持脊椎骨挺直，不致书写时弓腰曲背。我坐到椅子上用斜面台板试写了一下，果然身姿感到轻松、舒服多了。于是，金庸先生就提议要把这副写字台板送给我。我当然表示不能接受，因为金庸先生确实更需要。但金庸先生说，他已经七十多岁，使用率不高，而且他如果真还要用，让人再做一副也很容易。这样，我就变得没有理由不接受了，只能向他表示诚挚感谢并接受他这份极宝贵的礼物和情意。

与先生交往中，他的宽厚仁慈，聪明睿智，都给我和内子卢晓蓉留下了深刻印象。20世纪90年代中期，卢晓蓉在北京大学一家生物科技公司工作，该公司生产一种降血脂的药。这种药既传承了中华医药的特长，又添加了现代科技的要素，具有良好的疗效。先生知道后，一直很关心，我们每次见面，他都很关切地问长问短，令我们和公司的员工都很受感动。而且他不仅自己试服，还多次用一句很形象生动的话向亲友推荐："它可以将好的胆固醇升上去，将坏的胆固醇降下来"，使我们不禁联想到他笔下一个个扬善去恶的大侠。

金庸曾在英国剑桥大学学习过三年，正式获得该校的博士学位。他办《明报》，始终以"明辨是非""公正善良"为自己的方针。他的小说虽然描写古代的题材，却渗透着现代的精神，因而已被译成英、日、韩等多国文字，在全球范围内拥有数以亿计的读者。金庸同时也是杰出的思想家，他总是把国家、社会、百姓的利益放在首位。他一向非常关心香港的前途，关心祖国的和平统一，关心中国的政治改革、经济发展和文化繁荣。他撰写的数百万字的社评，不仅预言了若干重大历史事件，也体现了广大人民的利益和要求。"侠之大者，为国为民"，正是他本人的真切写照。

金庸先生永远是我们尊敬的一位前辈和老师。我们深信，世世代代的读者都会喜爱他的作品。

日前得知先生走的时候，神色特别安详，令我们感到宽慰。愿先生的英灵在天堂安息！

2018 年 11 月 2 日

我所认识的梁锡华

——《香港大学生》序

我"初识"梁锡华，是通过徐志摩的书信。那是 20 世纪 80 年代初，当劫后复苏的中国文坛重新接纳这位才华横溢却英年早逝的著名诗人的时候，我在一个偶然的机会读到了多封前所未闻的徐志摩写给海外友人的信。我一向自以为掌握徐志摩的材料相当齐全，面对这些书信，意外惊喜之余，也深感自己的孤陋寡闻。这些信的原件全用英文写成，而费心把它们搜集起来并译成中文的，正是梁锡华。

1985 年初，我作为北京大学代表团成员访问香港中文大学，结识了中大中文系的多位同行，却与梁佳萝、余光中先生缘悭一面（他们去新加坡参加一个学术会议）。我虽然不至于像有的人那样把梁佳萝当作"女士"，但说老实话，那时并不知道梁佳萝即梁锡华。因此，不能见面固然是憾事，却也免去了我极可能闹笑话的尴尬。

我真正与锡华兄见面，是在 1992 年初夏。那次一个台港作家代表团抵京访问，其时已在香港岭南学院担任教务长的梁锡华，亦是代表团成员之一。访问结束，他还到北大作了一次讲演。交谈之间，感觉到他既有谦谦君子的学者风度，又兼具诗人的热情、敏锐和真诚。因此，颇为投契。

次年盛夏我应邀去岭南学院做学术访问，主要研究香港当代小说，有机会较多地接触梁锡华的作品。他的第一部长篇小说《独立苍茫》发表于1983年。从那以后，更有《头上一片云》《太平门内外》《大学男生逸记》《研究生溢记》和刚刚出版的《李商隐哀传》等五部长篇陆续问世。在兼做着教学和行政工作的情况下，其"投入产出率"之高，无论在香港或内地均属少见。我几乎是手不释卷地读完了上述六部小说中的五部，深为他那才情横溢的文笔所吸引。

梁锡华擅长以散文随笔的方式写小说。一支笔涉猎广泛，舒卷自如，机智而诙谐，犀利而洒脱。恰似公孙娘子舞剑："来如雷霆收震怒，罢如江海凝清光。"一些平淡的日常琐事，经过他活泼多样的笔墨，仿佛点石成金，立即变得富有情趣。情节的设置，在他主要是为了便于发挥人生体验上的某种优势。他的小说，同时可以当作优秀的散文小品来读。在《香港大学生》（上篇即《大学男生逸记》，下篇乃《研究生溢记》）这部以第一人称写的长篇中，由于人称上的方便，作者更是就势自由挥洒：时而叙事，时而抒情，时而讽世，时而纪游，时而述说体验，时而议论风生，或者将这些相互糅合，不拘一格，亦庄亦谐，嬉笑怒骂，任我驱遣。这是一种有真性情、有独特风格的文学。

读梁锡华的小说，我们会感到，字里行间仿佛时时闪动着作者的身影。小说的那些主人公，写得都相当亲切感人，他们对事业、对人生、对爱情都有一股令人肃然起敬的"痴"劲——不是"书痴"，就是"情痴"，常常二者兼而有之。《独立苍茫》中的萧晨星，《头上一片云》中的卓博耀，《太平门内外》中的张永佑、方起鹏，《香港大学生》中的金祥藻，以及站在金背后的方密微等，就都是一些正直热诚，勤奋好学，敬业乐业，坚毅执着，学问和人品都超群的人物。当然，主人公不等于作者。夏志清先生把《独立苍茫》中的萧晨星等同于梁锡华，那实在是一种误解。但由主人公形象系列一而再、再而三地显示的这类品格，确实可以从一个方面折射出作者的感情倾向、道德追求乃至人生理想。《香港大学生》下篇曾用一段文字写了金祥藻初进加拿大一所大学图书馆时的感受：

> 暑期中的图书馆，寂如禅房，每一册书，都似乎在嫣然伫立，逗人作倾心的对语。这里每一角，每一架，都是良朋益友千万的光景，我感觉一坐定，就马上释尽尘世诸缘，心头满溢的不但是甜美，也是清芬，更是澄澈，宛如人在灵山会上，睹世尊拈花微笑……

可以说，作者本人如果不曾经是"书痴、书狂"，就绝不可能把主人公这番特有的内心体验表现得如此真切。同一部作品的末尾，还有这样一段文字："莎士比亚以人生比喻演戏。所以我想，既然上了台，就努力演好这出戏吧。"这不但是书中人物真实心声，也应该看作作者本人对人生所持的严肃态度。正是这种人生态度，决定了作者的审美视角和爱憎感情，促使他去贬斥那些形形色色的宵小之徒，同时去赞美那些普普通通而值得赞美的人物。像洛根叔这样一位旅游船上的厨师，作者也通过金祥藻的眼睛，用了虔敬的态度去写他做糕点的情景：

> 我最爱看他做糕点时的神态。他是全身细胞总动员，和画家绘画、音乐家演奏、书法家写字，道理完全一致。他在制作过程中，会对着他手下将成形的艺术品，或攒眉，或欢笑，或拍额头，或搓手掌……神态表情，不一而足。他出炉的糕点花样真巧，隔天翻新。单是苹果馅饼一项，我吃过的，已经有七八款之多，而且，不单外形各异，连里头的配料和味道也不相同。这种种，可谓叹为观止矣。

简直是一曲创造性劳动和敬业精神的动人赞歌！从这礼赞声中，我们懂得了梁锡华的为人，领悟了真正现代人的不带势利心的平等劳动观的可贵。梁锡华的小说由于其诙谐讽世，常常令人联想到钱锺书的《围城》。然而梁锡华小说从处女作《独立苍茫》起，就有和《围城》很不相同之处：活跃着普通人的可敬形象，闪耀着现代人的理想光彩。这也就是梁锡华小说之所以对我们很有启发意义的根由。

梁锡华也是一位富有幽默感的作家。他善于寓谐于庄，寓正于反，故意用严肃、庄重乃至神圣的词语形容一些生活琐事，从而改变语言的色调，获得诙谐幽默的效果。就以《香港大学生》为例，方密微谈到妻死后自己矢志坚守防线、永不婚娶时说："这条防御工事筑好了，没有敌人可以入侵的，梁实秋缺了这条防御工事，所以老妻死后一遇到女人就全线崩溃了。……凡需抵挡的事，自己没有强大的国防力量怎行？"故意用了"国防力量"这个重量级词来表明个人的心志。写到洛根叔穿上厨师衣装和两个助手照相一段，用了这样的文字："三个人，全副'武装'得白亮亮。洛根叔四平八稳坐在椅子上，身上挂了好几条烹饪奖的彩带，约拿和我，分站他的后面，光景有点像关平和周仓伴着关公。"有意用中国传统的英雄来喻拟异邦当代的厨师，造成一种滑稽感。写到华人男生在加拿大租住的"华屋"时，先用写实笔法描述它的脏臭，慨叹"中华'文化'广传海外了"。当女生孔芙英问"这种地方'参观'一次够不够"时，金祥藻答道："华屋有华人之屋的意思。要看中国人和接触中国文化，可以多去。"引得"众人大笑"。这是寓真意于反话中。在另一处涉及婚姻问题时，作者通过书中人物调侃道："从另一观点着想，我倒觉得媒人制度实在不坏，至少省却许多约会、追求的麻烦，更没有失意、失恋的苦恼。"这类诙谐幽默，不但表现梁锡华的机智风趣，更显示出他的沉稳自信。梁锡华小说浪漫主义成分较重，这和他自身性情、气质、文化素养有关，也和他文学上接受的影响直接关联。据我观察，对梁锡华小说创作影响较深者，在外国大概是密尔顿、罗素、萧伯纳，在中国似为苏曼殊、徐志摩、钱锺书；其中半数为浪漫主义作家。《香港大学生》下篇里，金祥藻和杜珍妍有情而无缘，缠绵悱恻，就颇有点苏曼殊小说的味道。然而，构成梁锡华浪漫主义的核心的，却是一种作者称之为"具有满腔宗教情怀"（《沙田出文学》）的人生理想，人生追求，也就是前文所说的那股"痴"劲，或者叫作"赤子之心"。小说通过密微之口说："我盼人人都有这份浪漫情怀，也就是和宗教相通的敬虔火热情怀。"这句话可以看作对梁锡华浪漫主义的最好注释。当然，梁锡华毕竟是一位富有人生阅历的作家，对世情的洞察，使他不可能完全耽于理想或沉迷于痴情。生活和创作的逻辑都决定着他必然要在很大程度上走向清醒的写实之途。在小说中，金祥藻终于和改弦更张的"尖嘴鸡"结为夫妇，这大概近于人们通常所谓的"现实主义的胜利"吧——虽然可能由于上篇伏笔不够而多少有点突兀。

梁锡华小说第一次在大陆出版，这是件很好的事。我相信，大陆的读者会和我一样，衷心喜欢梁锡华这位才华出众而且真诚、富有赤子之心的作家的！

1994 年 4 月 21 日于北大中关园

原载人民日报《大地》月刊 1994 年第十期

悼念杰出的诗人洛夫先生

那是 2015 年 5 月的一天。丁果先生请了经济学家茅于轼教授来温哥华作中国经济问题的学术演讲，接着还有多位先生发言。就在午间休息时分，一位满头白发的老者，由人引领来到我的面前，他问我是不是北京大学的严家炎教授？我说："正是。"他就掏出一张名片，说："我是洛夫。"我有点惊喜地"啊"了一声，想不到在异国他乡能遇到这位著名诗人。我赶紧接过他的名片，并伸出手去与他紧紧相握，也回送了一张名片。

洛夫先生告诉我，他很尊敬北京大学，北大新诗研究所给他的创作评了"新诗大奖"，发给他五十万元人民币的奖金，他非常高兴，也非常感谢。

我立即向他表示热烈祝贺，为他在新诗创作上获得的成就和荣誉感到由衷的高兴。而且说了一句想必不会过头的话："喜欢新诗的人，大概没有一个不爱读洛夫先生的诗。"洛夫先生笑说："是吗？不一定吧！"一位鼎鼎大名的诗人却又如此谦逊，真是令我感动。

随后，他掏出一本带来的《洛夫诗选》，给我和内子签名赠书。我则细读洛夫名片上印着的四行繁体小字：

加拿大漂木艺术家协会会长

创世纪诗刊创办人

北京师范大学客座教授

中国华侨大学客座教授

"漂木"两字我是知道的，相信就是洛夫从中国台湾来加拿大后写的三千行长诗的名字，但还有个"漂木艺术家协会"，我就不知道了，当时却来不及问。我只是极其珍惜地捧起洛夫所赠的这本相当精美的作品集，细看了目录和匆忙翻阅了一两段自序文字，向作者的盛情表示真挚感谢。

洛夫著作甚丰，仅诗集就有《石室之死亡》《时间之伤》等三十部，另有散文集、评论集、译著多部。作品被译成英、法、日、韩、荷兰、瑞典等多种语言。他不但是台湾现代诗的奠基人，而且是世界华人诗坛最具震撼力的诗人。

我接连几天读了这部诗选，做了一点笔记，深感洛夫诗的厚重分量。试看，《猿之哀歌》将《世说新语》不足五十字的小文，变成了何等感天动地的悲剧：

桓公入蜀，至三峡中，部伍中有得猿子者，其母缘

岸哀号，行百余里不去，遂跳上船，至便气绝。破视其
腹中，肠皆寸断。

——《世说新语》

那一声凄绝的哀啸

从左岸

传到右岸

回声，溯江而上

绕过悬崖而泯入天际

泪水滚进了三峡，顿时

风狂涛惊

水的汹涌怎及得上血的汹涌

她苦苦奔行，只为

追赶那条入川的船

军爷啊，还给我孩子

这一声

用刀子削出的呼喊

如千吨熊熊铁浆从喉管进出

那种悲伤

那种蜡烛纵然成灰

而烛芯仍不停叫疼的悲伤

那种爱

缠肠绕肚，无休无止

春蚕死了千百次也吐不尽的

爱

军爷啊，还给我孩子

轻舟

已在万重山之外

滚滚的浊流，浊流的滚滚之外

那哀啸，一声声

穿透千山万水

最后自白帝城的峰顶直泻而下

跌落在江中甲板上的

那已是寸寸断裂的肝肠

一摊痴血，把江水染成了

冷冷的夕阳

连读两遍，又默默咀嚼，我的眼睛不禁潮润而无法睁开了。

《寄鞋》写了一对表兄妹从小定亲，却因战乱而失去联系四十多年，他们各有自己的真名实姓，其中男方还是洛夫自己的好友。如今女方通过海外友人，将自己的劳动成果一双布鞋当作"一封无字的信"，把历来"想说无从说"，"积了四十多年的话"——"四十多年的思念，四十多年的孤寂"，"一句句密密缝在鞋底"。男方收到表妹做的鞋子，"如捧一封无字而千言万语尽在其中的家书，不禁涕泪纵横，唏嘘不已"。这首诗的句子比较浅白，然而愈是浅白，男女双方的情爱却愈见淳厚真挚。

上面我随意举了两首诗，想说明什么呢？

我想说明洛夫的诗所渗透、所体现的人道主义精神。前一首诗写的虽然是动物，但却是最接近于人类的高级动物。诗人还让这头猿说了人的语言，多次哀求军队释放她的儿子——释放这头小猿，说："军爷呀，还给我孩子！"在诗里面至少是两次提出哀求。这不是人道主义又是什么？至于《寄鞋》这首诗，竭力想成全这对表兄妹的爱情——而且是早已定好亲的爱情，当然更是符合人道主义的了。

如果说举两首不够，要想在洛夫诗里举更多的人道主义精神的例子，我认为是毫不困难的，可以说是随手拈来。比方说，《边界望乡》这首诗，写的是 1979 年 3 月洛夫和余光中两位诗人访问香港期间，特地到落马洲的边界用望远镜远远瞭望故国山河，看着深圳这边，因为那时候台湾的居民还不能随便过来，他们离开中国大陆差不多三十年了，心中非常激动。诗里写道（我只引三节）：

> 雾正升起，我们在茫然中勒马四顾
> 手掌开始生汗

望远镜中扩大数十倍的乡愁

乱如风中的散发

当距离调整到令人心跳的程度

一座远山迎面飞来

把我撞成了

严重的内伤

病了病了

病得像山坡上那丛凋残的杜鹃

只剩下唯一的一朵

蹲在那块"禁止越界"的告示牌后面

咯血。而这时

一只白鹭从水田中惊起

飞越深圳

又猛然折了回来

惊蛰之后是春分

清明时节该不远了

我居然也听懂了广东的乡音

当雨水把莽莽大地

译成青色的语言

喏！你说，福田村再过去就是水围

故国的泥土，伸手可及

但我抓回来的仍是一掌冷雾

这就是说，洛夫先生很想抓一把故国的泥土带回去，但当时那仍是无法了却的心愿，犹如"一掌冷雾"。这首诗形象而深刻地表达了他的爱国情愫。

一个真正的爱国主义者，同时也必然会是一个根本意义上的人道主义者。

在艺术上，洛夫主张既要横向借鉴，也要纵向继承，既要接纳国外的现代主义、存在主义、超现实主义之类表现手法，又要努力吸收本民族古代诗的各种鲜活养分和"妙趣"，两者相辅相成。洛夫很早就注意探索庄子及禅宗的一些领域，因而在他的某些诗中出现过若干独特的颇不相同的意境。他的诗风也多种多样，各有不同，有的优雅风趣（如《与李贺共饮》《因为风的缘故》），有的活泼明丽（如《寻》《众荷喧哗》），有的浑厚朴实（如《根》《裸奔》《井边物语》），有的突兀深沉（如《背向大海》《浮生四题》），很值得人们注意。

洛夫先生3月19日在台北荣民总医院逝世，这是世界华文文坛无法弥补的损失！幸好他的诗都在，为文坛提出了系统整理、出版和深入研究的艰巨任务，有待我们共同努力去完成。

原载《中华读书报》，2018 年 5 月 23 日

战后日本"中国学"的一位引领者和见证人

——悼念丸山昇先生

2006 年 11 月 26 日是个不幸的日子，这一天，现代中国文学的杰出研究家丸山昇逝世，日本人民失去了一个忠诚的儿子，中国人民失去了一位亲密的朋友，汉学界失去了一位优秀的骨干。这是日中两国学术界共同的损失。

在我的印象中，丸山昇永远是一位热诚谦和、正直坚强、精力充沛的学人。他尽管长期患着严重的肾病，两三天就要进医院透析一次，却毅然创造了维持生命二十六年以上的奇迹，而且用他这宝贵生命，精心哺育出了许多在学术史上占有重要地位的优秀成果。他点燃自己，照亮一片，令我不禁想起了闻一多诗里那支红烛："烧破世人的梦，烧沸世人的血——也救出他们的灵魂，也捣破他们的监狱！"（《红烛》）自然，丸山昇先生实现自己理想的途径，并不是别的，主要是学术。

丸山昇不仅是战后日本学术潮流的见证人，而且是这一潮流引领者中的重要一位。——这是我读他的著作《鲁迅·革命·历史》自然会引起的感想。

战后六十年的最初时期，以竹内好（1908—1977）为代表的日本"中国学"主潮，首先从文化思想和社会思想上反省了本国的"近代化"（中国学者所说的"现代化"）道路，探讨了它何以导致军国主义专政，侵略东亚各国，祸害日本民族的根源。他们以中国新民主主义革命的成功作为参照，追索了自身"近代主义"存在的问题。正如丸山昇《日本的鲁迅研究》一文所说：竹内好在1950年"发表的《致日本共产党》和第二年出版的《现代中国论》等，给日本思想界以巨大的冲击"。"竹内的这一批判，至少尖锐地冲击了当时日本马克思主义运动存在的部分弱点。"战后美国占领军对日本的占领政策，使"日本人民第一次体验到'被压迫民族'的悲哀。也就是在这个时期，描写中国人民对日本军国主义的抵抗的小说，读起来和法国的抵抗小说一样引起共鸣"。日本译者冈琦曾在丁玲小说的译后记中，这样写下自己的阅读感受："从《我在霞村的时候》《新的信念》所受到的，是至今为止即便在她的其他作品中也未曾感受到的一种战栗的感动。被我们的同胞所伤害的肉体与灵魂的呻吟，像噼里噼里的电流一般使我的心胸震抖。"一位学者（丸山真男）曾经把20世纪50年代日本阅读中国现代文学作品的读者群称为"悔恨的共同体"，这是一个很贴切、很著名的概括，它真实地显示了这个时期日本阅读者、研究者的精神状态，尤其显示了其中所带有的对新中国的真诚敬意。作为一种理论化的认识，于是产生了竹内好的论著：《中国的近代与日本的近代》。竹内认为：在中国，来自上层的近代化虽然失败了，但却在真正的意义上产生了新生力量——大众基础上的新生力量；而日本，由于来自上层的改革过程过分轻易地获得成功，社会的真正意义上的近代化并没有实现，因而产生着两国发展的正好相反的对比。今天看来，这类批判有它切中肯綮的深刻之处，但基于对中国实情较少了解而产生的相对简单化的认识，也导致人们对新中国过于简单地接受，几乎把代表中国主流意识的一切说法原封不动地照搬到日本。诸如，把萧军在东北受批判，看作是萧军"与人民相对立，'孤高'自恃，反对革命"的结果；认为中国将胡风等作为"反革命集团"揭露，大概总是有其根据和理由的；即使并不赞同中国作家协会的人所说的"沈从文没有代表性"这类"左"的说法，也只看作可能由于中国具体情况与日本的不同而已。不过也有例外：据丸山昇先生介绍，20世纪50年代初，日本共产党有近千名不适宜在本国公开活动的人秘密去了中国，他们在中国生活了几年，回到日本后的反应是："无论如何想不到那就是社会主义，不忌语病地说，那是军事的封建的社会主义。""中国的贫穷真是不得了啊！"（见《战后五十年》）这也许是日本首批对中国的真实情况有所了解的人。

真正使更多日本学者对中国状况产生疑问乃至受到震动的，是1957年的反右派运动。这场直接受到打击者超过五十万人的运动，让世人领教了"贫穷""封建"和"军事"

基础上出现的"社会主义"会有什么后果。丸山昇先生自己在《鲁迅·革命·历史》中文版《后记》中这样说:新中国成立之初,"那时我虽然还年轻,却也是将中国作为尊敬与憧憬对象的无数人中之一。这种'尊敬'与'憧憬'第一次蒙上阴影,是从反右开始的"。丸山昇是1952年就在狱中阅读丁玲《太阳照在桑干河上》并以此为题写了毕业论文的人,他也读过艾青20世纪40年代的许多诗作,因而无法简单地相信丁玲、艾青这些作家都是所谓的资产阶级右派。而"当反右斗争后出现'国防文学'才是正确的、'民族革命战争的大众文学'是胡风、冯雪峰制造的无用的混乱的手段这样的评价时",丸山昇更说:"我们无法轻易地予以认同"(《关于"国防文学论战"》)。一位正直学者的学术良知,使他无法相信那些缺少充分事实根据并且十分可疑的官方结论。

如果说20世纪50年代末期,丸山昇先生可能出于顾全大局的考虑,没有对中国反右派斗争公开提出不同意见的话,那么,到"文革"开始之后,以丸山昇为代表的一部分日本学者,则密切关心事态的发展,甘冒被林彪、"四人帮"指为"日修"的风险,敢于直面现实,讲出真话,对"批判的合理性"提出怀疑,并且实事求是地申述了自己的见解。丸山昇的《围绕1935、1936年的"王明路线"》《关于"国防文学论战"》《关于周扬等人的"颠倒历史"》《中国的文学评论与文学政策》《作为问题的1930年代》,便是这方面的代表作。这些论文就历史上的王明右倾路线出现于何时,"人民阵线"与"国防文学"

是否阶级投降主义路线，周扬在何种意义上"颠倒历史"，新
中国文艺工作是否被"反党反社会主义的黑线专政"等问题，
根据事实作了细致的抽丝剥茧的科学辨析，可谓篇篇都有精彩
之处。它们从总体上对"文革"的指导文件《部队文艺工作座
谈会纪要》表示了"很多疑问和批判"。其中为何其芳1962年
的文章《战斗的胜利的二十年》作辩护的《中国的文学评论与
文学政策》，更是在"文革"当时的条件下很难撰写但实际上
却写得很成功的一篇论文。它针对姚文元霸气十足的《评反革
命两面派周扬》，作了有理有据的驳斥和澄清。丸山昇指出：
"何其芳这篇论文的最大特征，在于他把《文艺讲话》二十年
后的中国文学、艺术的历史视为一方面同资产阶级、小资产阶
级的斗争，同时又是与内部的教条主义、宗派主义的斗争，认
为这是文艺问题上的'两条路线的斗争'。"而这类"左"的教
条主义，提出的又是"写中心、演中心、唱中心、画中心"，
"领导出思想、群众出生活、作家出技巧"之类确实违背文学
艺术固有特点和规律的口号，因此，丸山昇表示："我无法认
为他（指何其芳——引者注）是为了批判'左派'的真正目
的，而就这一点做一些场面上的敷衍。"在谈到典型问题上的
不同意见时，丸山昇说："何其芳确实面对着实际作品的丰富
成果，摸索解放作家能量的理论"；"何其芳始终站在典型论的
历史上，探索将其与实际作品相联接的道路。与此相对，《纪
要》却一气回溯到别林斯基等的'阶级性'，拆除典型论的框
架，'突出'题材和主人公的阶级性与政治性"。在丸山昇看

来，"何其芳细腻、平易近人的文章（令人）感到亲切和有说服力"。他为何其芳文章做出了与姚文元完全不同的论断："我认为是一篇很好的论文"，而不是姚所谓的"反毛泽东思想的大毒草"。在中国学者或者被大批打倒，或者被迫噤若寒蝉之际，丸山昇先生在日本发出的这类正义的声音，委实是多么难能可贵！

丸山昇先生对中国现代文学的研究，一贯坚持从实际出发，具体问题具体分析。他看重实证，力戒教条，认为"真理都是具体的"。他主张研究者一定要注意历史本身的复杂性，切不可由于迎合某种政治需要而将历史简单化，更反对实用主义地将历史问题歪曲篡改。在《关于"国防文学论战"》一文中，丸山昇曾经剖析了"文革"采用的以歪曲事实、篡改本意的手法对刘少奇、陈伯达所进行的奇怪的"批判"：明明刘少奇1936年署名"莫文华"的文章指出了"鲁（迅）先生和茅（盾）先生等的意见是正确的，他们提的办法是正当的，适合于现在实际情形的"，而"周扬先生等的意见"则是"宗派主义与关门主义"；但到了《人民日报》批判者笔下，刘少奇竟被指责为有意"模糊这两个口号的原则对立，将问题规限在宗派主义范围内"。后来《红旗》杂志对陈伯达的批判，情形也大致类似。丸山昇将这类歪曲、篡改式的"批判"，称作"中国的批判'方法'"。丸山昇本人探讨这类问题时，总是尽可能详尽地占有各种相关资料，并且力图做出实事求是的分析和阐释。例如，为了研究1935年、1936年王明是否形成了右倾投降路线，丸山昇不仅搜罗新中国正式出版的种种党史及资料，还寻找了 20 世纪 30 年代出版的《陈绍禹（王明）救国言论集》等中文资料，以及日本出版的波多野乾一的多卷本《中国共产党史》（该书存录大量原始资料），此外，还将当时的王明著作同毛泽东主席的著作尤其 1936 年 8 月发表而 20 世纪 50 年代《毛泽东选集》已不收录的著作——《致章乃器、陶行知、邹韬奋、沈钧儒及全体救国会员函》，进行了对比阅读。这种"竭泽而渔"的治学方法，帮助他弄清了事实的真相。如果按照中国"文革"时的方法与逻辑，毛泽东主席回复章乃器等人的这封信函，完全可能被指为右倾和"放弃领导权"，因为原文这样说：

> 当然，我们的党员应当参加各地方的救国组织和各种形式的救国运动。我们愿意牺牲一切力量来拥护这些运动与组织，以便与一切党派和不愿意做亡国奴的人民共同斗争，挽救中国人民的危亡。我们的党员，无条件地服从这些组织大多数所通过的规则、纲领和决议。同样，在实际工作上，甚至当我们在原则上不同意的时候，也无条件地服从大多数的意见，我们的党员不会与这些组织中的其他派别对立和竞争来争夺群众与领导权。相反的，我们愿意拥护任何派别的彻底反日的领袖，使他们能毫无阻碍地在群众中发挥自己的能力。我们的党员愿意在他们领导下工作。（着重号为引者所加，

下同——引者）

事实上，在 1936 年，中国的托洛茨基派确曾摘引毛泽东主席信中的这些话，作为"斯大林派对资产阶级自由主义和民族主义彻底投降"和"对无产阶级的彻底背叛"的明证，攻击"他们在全世界范围内把这个革命的领导权献给了资产阶级政党"（据丸山昇所摘引波多野乾一《中国共产党史》第六卷的材料）。丸山昇本人是完全反对托派这种以极左的姿态对毛泽东主席信函所进行的诬蔑的。在丸山昇看来，"阶级观点也好，无产阶级的领导权也好，为了让它在现实中有效地实现，必须做的不单单是牢记它、总是将它挂在嘴上，而是发现不同时期使它得以实现的适宜的具体形态"。丸山昇认为：事实上，1935 年、1936 年的王明并无什么右倾投降言论，他要直到 1938 年提出"一切经过统一战线"才真正走上那条右倾的路。据此，丸山昇提醒大家，中国"文革"时期一些人对王明、周扬的批判，已经"左"到了"和托洛茨基主义者有类似之处"的地步。丸山昇得出的结论是："中国自身如何评价这些问题暂且放在一边，我以为用我们自己的眼睛来重新审视（中国'文革'）的必要性越来越大。'国防文学论战'便是作为具有这般广阔性的问题的一部分，摆在我们面前。"可见，丸山昇先生是一位把日本的中国文学研究者从 20 世纪 50 年代"悔恨的共同体"引导到 20 世纪 60 年代"独立思考、独立研究的共同体"道路的学者。

丸山昇先生对中国的知识分子问题一直很关心。20 世纪 50 年代末期，虽然由于客观条件限制，未能就反右派运动站出来说话，但到“文革”结束之后，他立即着手研究，曾以颇有代表性的作家萧乾（1910—1999）为对象，撰写了《从萧乾看中国知识分子的选择》《建国前夕文化界的一个断面》二文。丸山昇考察了萧乾在中国历史和个人遭遇的几个关键时刻的思想表现之后指出：“重新审视萧乾的足迹，我们能看到一种精神类型：它确实直面着中国现代知识分子遇到的问题，而其自二十九到三十六岁——包括其间的抗日战争时期——几乎都是在欧洲度过的，有着独特体验。在我看来，通过对这种精神类型的讨论，可以找到更多层次、更立体地重新评价中国近现代精神史的一条线索。”萧乾在国外早知道苏联“肃反”扩大化以及外交上民族自利等令人震惊的许多事实，1948 年在香港又遭左翼文化人的粗暴批判，但他仍于新中国成立前夕辞去剑桥的邀请，参加《大公报》的起义回到北京，自觉地将个人命运和祖国命运紧紧结合在一起。然而，这样的萧乾，1957 年反右运动中却被划为资产阶级右派分子，开始了灾难岁月；“文革”中更遭凌辱、批斗、抄家，多次准备自杀。丸山昇认为，萧乾敢于直面现实的精神，显示了殖民地、半殖民地知识分子赤心报国的可贵品格和突出优点；但丸山昇同时也提醒人们要牢牢记住历史的教训：“以《斥反动文艺》为首的一系列批判所留给萧乾的创伤，不仅是对萧乾，更是给以后的中国也留下了创伤。”丸山昇先生这番意味深长的忠告，值得中国人民永远记取。

我还要说，丸山昇先生不但在"文革"以及如何评价中国知识分子的贡献等重大问题上极其认真，即使在一些具体学术问题上也同样是十分执着和严肃的。他赠送我的书中，有一本《上海物语》，那便是查考了许多书刊、下了许多苦功夫的产物。这本将上海的历史、地理、交通、租界、银行、报社、书局、寺庙、教堂、公园、影剧院、大公司、娱乐场、纪念堂、著名民宅、民俗典故等各方面融汇在一起，兼具知识性与趣味性的书籍，不但对外国人了解近代中国很有用处，而且对不甚了解近代上海的中国人也很有价值。我本人曾想了解外滩公园（又名黄浦公园）建成于何时，翻阅了不少中文书籍却没有找到答案，但在丸山昇的日文版《上海物语》中，我终于查到了外滩公园建成的年份。我还在东京旁听过他的一次课，亲眼见到丸山昇教授面对着 20 世纪 30 年代的上海地图，手持教棒，给学中文的学生介绍上海各处景点（以文学活动为主）的情形，穿插进一些作家的故事，讲得十分生动，让我这个出生在上海的人也听得津津有味。这类成果给人打开一条新思路，确是教学上的一种新创造。

我个人和丸山昇先生相识二十多年，他比我年长两岁，各方面都是我的兄长，我对他一直怀着尊敬和感激之情。我两次顺道访问日本，都是丸山昇先生亲自驾车到机场来接的。他身体不好，为此而耽误他许多精力和时间，一想起这事，我就感到不安。1988 年我请他到北大中文系来讲学，却限于我们当时条件的简陋（全系一年的行政经费只有六千元），接待工作很不周到，我心里也总是感到歉疚。如果人在身后还有知，我希望有机会弥补我的憾意，畅叙我们的友情，无论是在"天国"还是在缥缈虚无之乡。我期待着。

2007 年 1 月 20 日于北京

原载《鲁迅研究月刊》2007 年第二期

辑三 琐记

穆时英长篇小说的追踪与新发现

　　不管人们对穆时英有多少不同的评价，却大概都会承认：他是一位有才华（"鬼才"也罢，"天才"也罢）的中国新感觉派的代表性作家。

　　穆时英的作品，通常知道的有《南北极》《公墓》《白金的女体塑像》《圣处女的感情》四种，都是短篇小说集。20世纪80年代初我编《新感觉派小说选》时，曾发现《第二恋》《狱啸》《GNo. Ⅷ》等集外小说，却也都是短篇或中篇连载未完的。至于穆时英发表过长篇小说没有，虽然有一些线索可寻，却一直得不到确证。

　　所谓"有一些线索"者，一是穆时英将《上海的狐步舞》称为"一个断片"，意味着它可能是长篇的一部分；而《现代》杂志二卷一期发表《上海的狐步舞》时，编者施蛰存所写《社中日记》则明确地说穆此篇"是他从去年起就计划着的一个长篇中的断片，所以是没有故事的"。可见他确实写着长篇小说。二是在 1936 年年初的《良友》图画杂志一一三期和别的一些刊物（例如《海燕周报》）上，曾刊登过"良友文学丛书"将穆时英长篇小说《中国行进》列作丛书之一的广告，其广告词说：

> 这一部预告了三年的长篇，现在已全部脱稿了。写一九三一年大水灾和九一八的前夕中国农村的破落，城市里民族资本主义和国际资本主义的斗争。作者在这里不但保持了他所特有的轻快的笔调，故事的结构，也有了新的发见。

既然"全部脱稿"，当然就有正式出版的可能。于是我在1983年5月写信请教当年"良友文学丛书"主持人赵家璧先生：《中国行进》这部长篇到底是否出版过？家璧先生当时正在病中，病愈后他在7月10日复信说：

> 家炎同志：
>
> ⋯⋯⋯⋯⋯
>
> 穆时英是我大学读书时同学，颇有写作天才，如此下场，我对他颇有惋惜之情。第三辑《新文学史料》里，将发表我又一篇回忆史料，其中有一段提到他，但非常简短，未提及你要了解的那个长篇。
>
> 这部最初取名为《中国一九三一》的长篇是我鼓励他写的。当时我对美国进步作家杜斯·帕索斯（John

Dos Passos）的三部曲很欣赏，其中一部书名就叫《一九一九》。穆借去看了，就准备按杜斯·帕索斯的方法写中国，把时代背景、时代中心人物，作者自身经历和小说故事的叙述，融合在一起写个独创性的长篇。这部小说后改称《中国行进》……

据我的记忆，这部书曾发排过。由于用大大小小不同的字体，给我印象较深。但此书确实从未出版，其中各个章节也未记得曾发表在任何刊物上。如果你们现在不提起，我简直想不起来了。上述一点史料，不知能满足你的要求否？下次如来沪出差开会，希望抽空来舍谈谈。

敬颂

著安

赵家璧

83.7.10

赵家璧先生的答复当然最有权威性，我也就死心塌地不再继续追寻了。但是，有一次西安的钟朋先生来访，他说到黑婴曾告诉他，穆时英有一部长篇，似乎曾在上海一家报纸连载过，到底是什么报却记不甚清楚。这样，我又从希望的灰烬中看到了一点火星。从种种迹象判断，我猜想，黑婴先生说的这种报纸，大概会是《晨报》。去年夏天，当中国现代文学馆的李今女士要到上海查找穆时英、刘呐鸥的资料时，我就将这一线索告诉了她，请她前去一试。

李今女士在上海用许多时间认真翻阅了《晨报》以及《小晨报》，结果是：《中国行进》这部长篇小说并没有找到，却意外地发现了穆时英的许多散文作品和理论文字，尤其是有关电影艺术和文学方面的许多佚文，像《电影批评底基础问题》《电影的散步》《电影艺术防御战》《文学市场漫步》等几组论文。这些文字既显示了穆时英的文学艺术见解乃至社会政治观点，也表明了他所受到的西方电影、戏剧、小说的熏陶，以及他当时的苦闷与思考。接着，李今女士又根据香港秾康裔一篇回忆文章（这是 Chrys Carey 先生帮我复印的）所提供的线索，在 1936 年上海《时代日报》上发现了穆时英写上海"一·二八"抗战的一部长篇——《我们这一代》（可惜这部长篇因作者去了香港而仍未连载完毕）；此外，还发现了穆时英的几篇不为人知的短篇小说。李今女士这些经过辛苦劳作而获得的发现，总计有四十万字左右，大大丰富了学术界对穆时英的资料掌握，足以将这方面的研究推进到一个新的层次。连穆时英到底是汉奸还是抗日的地下工作人员这个谜，或许也可由此获得旁证。

由于种种原因，这部《穆时英全集》并未在 1997 年写完《编后记》的较短时间内获得出版。但迟迟未能出版也有好处，就是可以补收进一些后来继续发现的穆时英的作品，其中也包括我们寻觅已久的《中国行进》（初名《中国一九三一》）。——发现它的功劳，则首先应该归于旷新年先生。

　　大约是 2001 年岁末，旷新年先生到蓝旗营家中来看我，谈到近期在翻阅 20 世纪 30 年代刊物时，发现了穆时英在《大陆》杂志上曾经连载长篇小说《中国一九三一》。我真是喜出望外，请他赶紧代我复印一份。校阅的结果，虽然知道这依旧并不完整，但毕竟证明穆时英确曾在当时报刊上发表过这部长篇，也就留下了将来或许还有机会能补全的希望。

　　此后又继续获得了新的发现，那就是《上海的季节梦》，它是穆时英长篇小说《中国行进》中的一部分，连载于 1935 年 12 月至 1936 年 2 月出版的旬刊《十日杂志》第七期至第十五期，发现者为清华大学中文系博士研究生张勇先生，而由解志熙教授热心地告诉了我们（解本人还发现了穆时英的一篇散文）。它与旷新年博士此前从《大陆》杂志上发现的《中国一九三一》，都是同一部长篇的一部分。我们特在此向旷、张、解三位先生表示诚挚的谢意。

　　《中国一九三一》《上海的季节梦》两个部分的相继发现，不但确证了《中国行进》这部长篇小说的存在，而且改变了我们对此前发现的若干作品的看法。例如，我们曾经以为《我们这一代》是一部专写上海"一·二八"战争的独立作品，《田舍风景》是一组散文化的短篇小说，或一个中篇小说，但后来一对照其主要人物形象，才发现它们原来都是《中国行进》中的一部分。

　　这样，迄今为止，关于《中国行进》确实已经发现了四个部分，连同原先作为短篇发表的《上海的狐步舞》，就已经有了总计近十五万字的五个部分。我们在《中国行进》这个总标题下暂按发表的时间顺序排列，将来如果还有新的发现，经过整理研究，剔除某些可能有重复的文字，也许可以较好地恢复这部小说的原貌。

我还想提到另一位在这方面有贡献的学者，那就是吴福辉先生。他在深入研究海派小说的过程中，发现了穆时英还有一部最早创作并正式出版的长篇：《交流》。这部约十万字的小说在 1930 年由上海芳草书店印行。书末作者自署："二十三日，五月，一九二九年，于怀施堂。"写作时间简直与《狱啸》难分先后（《狱啸》写毕于"一九二九，五，十五日"）。应该说，这是穆时英真正的处女作。当时穆时英只有十七岁，完全没有什么名声，别人无须利用他的名字来推销假货赚钱。小说情节建立在凭空编故事的基础上，破绽颇多，技巧相当幼稚，但语言中诗的质素和回旋复沓的调子，证明它确属穆时英的手笔。也许作者后来对它和《狱啸》这两种最早的作品都很不满意，所以绝少提到，以至几乎无人知道。现在发掘出来，对我们了解穆时英的成长过程和文字磨炼功夫，仍是有意义的。

总之，这部《穆时英全集》，可以说是我们根据某些线索追踪穆时英的长篇小说，在此过程中不断有所发现、有所收获的结果。我们最初只想找《中国行进》，无意于编这样的《全集》，后来却意外地形成一发而不可收的局面。这或许就叫作"有心栽花花不发，无意插柳柳成荫"吧！

既然编成了《全集》，我们也就乐于在书的最后部分附录那些好不容易搜集来的前人对穆时英回忆、评论的文章，作为史料留存。其中有几篇是日本作家在侵华战争时期发表在日本杂志上的文字，也由李今女士请李家平、王升远先生将它们译成了中文。我们相信，附录所有这些资料，对于广大读者、研究者，都将是一种方便。

我和李今女士在编辑这部《全集》时，得到多方面的帮助。穆时英发表在香港报刊上的文字是香港中文大学的张咏梅小姐提供的，陈兴宽先生补充了穆时英的几篇散文。另外，在这些资料的照相、还原、复印等方面，得到了上海辞书出版社王有朋、何香生先生，北京图书馆边延捷女士的热情协助，谨在此致以我们深深的敬意和谢意。

1997 年 3 月 18 日

2006 年 8 月 15 日增补修改

原载《穆时英全集》第三卷

北京十月文艺出版社 2008 年版

《当代英雄》筹办记

1956年，仿佛是个没有寒冬而只有暖春的年份。

正是这一年，由中宣部部长陆定一倡议，中共中央经政治局扩大会议讨论，同意在文艺与学术领域实施"百花齐放，百家争鸣"的方针。毛泽东主席4月28日在总结讲话中说："'百花齐放，百家争鸣'我看应该成为我们的方针。艺术问题上百花齐放，学术问题上百家争鸣。'百花齐放'是群众中间提出来的，不晓得是谁提出来的。……'百家争鸣'，这是两千年前就有的事：讲学术，这种学术可以讲，那种学术也可以讲，不要拿一种学术压倒一切。你讲的如果是真理，信的人势必就会越来越多。"[①]此事一经报道，给整个文艺界、学术界和广大青年作者带来巨大鼓舞。

此年9月，中共第八次代表大会在北京举行。八大报告指

---

① 《毛泽东文集》第7卷，人民出版社1999年版，第54—55页。

出：在我国，官僚买办资产阶级、地主阶级已经消灭，民族资产阶级作为阶级正在消灭的过程中，暴风骤雨式的群众阶级斗争已经结束。大会通过的决议还宣告："我国无产阶级同资产阶级之间的矛盾已经基本解决，几千年的阶级剥削制度的历史已经基本结束。""国内主要矛盾，已经是人民对于建立先进的工业国的要求同落后的农业国的现实之间的矛盾，已经是人民对经济文化迅速发展的需要同当前经济文化不能满足人民需要的状况之间的矛盾。"这个决议是包括毛泽东主席在内的全体代表一致通过的，理应得到贯彻执行。

同年 11 月，中宣部还召开全国文学期刊编辑会议。周扬在作总结发言时，明确提出"同人刊物也可以办"的主张。参加这次文学期刊编辑会议的人员可能不是很多，但会议的精神同样也逐步传开，令人振奋。

正是在这一背景下，1957 年 5 月前后，北京和南京两地的青年文化人，才会不约而同地各自筹办起同人刊物来。

北京的同人刊物，就在北大中文系的部分青年教师、进修教师和高年级研究生中酝酿。邀集的成员共有八人，发起者是教师党支部书记乐黛云和进修教师、研究生党支部书记刘群（《人民日报》来北大进修人员），其他六人分别为裴家麟、褚斌杰、金申熊（金开诚）、沈玉成、傅璇琮（均为青年教师）、谭令仰（四年级研究生）。他们在当时都是思想活跃、才识兼备的优秀青年骨干。在 5 月 16 日这天，他们举行了第一次筹备会议，将自己的刊物正式命名为《当代英雄》（借用俄国作家莱蒙托夫一部长篇小说的名称），同时还商讨了经费和刊物前一两期的稿源，初步落实了部分稿件的题目和作者，像谭令仰计划写一篇有关文艺的普及和提高而又颇具新意的理论文章，刘群打算写部队题材的一个副师级干部腐化堕落的小说，等等。会后，大家很热心地分头出动募集经费。乐黛云、裴家麟负责去找王瑶教授募捐。不料王先生得知后，当即严肃地告诫他们马上停止，认为同人刊物的事"万不可行"（当时毛泽东主席已在 5 月 15 日写了《事情正在起变化》一文）。于是，到 5 月 20 日八人第二次开会时，乐黛云转述了王瑶先生的劝告。经众人商量讨论，大家采纳了王的意见，决定停止《当代英雄》的活动。

南京的同人刊物《探求者》是高晓声、陈椿年、陆文夫、艾煊、叶至诚、方之等七人发起的。由于事前准备工作做得比较充分，他们决定在 1957 年 6 月 6 日就让文学月刊社正式开张。《发刊词》等均已写好，"章程"和"启示"也在准备中。他们主张文学要勇于破除条条框框，大胆干预生活。然而，不等刊物出版，政治局候补委员康生竟已做出《探求者》是反党集团"的批示，致使此刊"胎死腹中"。8 月上中旬，江苏省文联召开批判大会，批斗《探求者》成员。七人中有三人被划为右派。

那么，北京的《当代英雄》自 5 月 20 日停止活动后，其成员能否就此平安度日，命运比《探求者》成员或可稍好呢？并非如此。实际情形恰好相反：《当代英雄》内部的八人，到

1957 年年底、1958 年年初，全部被划为右派分子，所占比例是百分之百，较《探求者》更惨。

这里有个最重要的背景：北京大学的核心领导在 1957 年 10 月被奉命更换。原党委书记、1927 年入党的江隆基行事稳重，与校长马寅初的关系也很和谐。但在高层主政者心目中，他却被认为是右倾，因而被调往兰州大学。接替者是粗犷泼辣、颇有大刀阔斧之风的铁道部副部长陆平。他到任后，即大抓反右派斗争，深挖细查，要求不漏一个。[1] 对"同人刊物"这类带点团体性的问题，尤其不肯放过。这就是《当代英雄》同人们自 1957 年 11 月起被严格审查，终于全划成右派的原因。

我可以说一件自己经历的事作为佐证。大概在 1957 年 12 月初的一天，中文系党总支干事蔡明辉来通知我，要我当晚八点到党总支参加一个会议。我奉命去后，才知道这是讨论同人刊物《当代英雄》的会议，由新任总支书记蓝芸夫主持。据说这个会议此前已经举行过一次，原任党总支书记孙觉已讲了她反对将刘群等划为右派的意见，今晚是第二次讨论了，要我这个对刘群有所了解的普通党员也来说点意见。我于是将刘群在 5 月份非常辛苦地办《浪淘沙》积极反右的情况作了客观介绍，待总支委员们没有新的问题发问时，我就先离开了会场。再过一星期左右，在《当代英雄》即将被宣布为右派小

---

[1]　北京大学所划右派分子比例有人说是 6%，其实还要超过这个比例的。

集团之前的半小时，孙觉和蓝芸夫两人又在文史楼的过道中发生大声争吵，而蓝芸夫则显然是受到新任校党委所任命和支持的。

最后，我想就文学上的同人刊物问题说点我个人的看法。

从"五四"到1949年的三十年历史进程中，中国的同人刊物曾经是相当多的。它们随相关社团的出现而兴起，又随相关社团的解散而消失。同人刊物在突破平庸、鼓励创新方面确实发挥了重要作用。以《新青年》这个刊物为例，它最初由陈独秀个人编辑，到1918年，北京大学的一批教师如胡适、钱玄同、沈尹默、刘半农、周作人、李大钊等参加进来，共同讨论，轮流编辑，就成了同人刊物。鲁迅的《狂人日记》《孔乙己》，沈尹默的《月夜》《三弦》，胡适的《蝴蝶》《湖上》，周作人的《小河》等，便都是那两三年发表在该刊上的作品。到后来，《新青年》编辑部随陈独秀南迁上海，1923年在瞿秋白主持下，又改成季刊，变成共产党的机关刊物。可见，在同人刊物与非同人刊物之间，确实存在着不同的界线，但不一定相互完全对立，在一定的条件下还可以相互转化。1949年以后，新中国并未立法规定禁止办同人刊物。周扬作为中宣部常务副部长，还在1956年11月宣布了"同人刊物也可以办"的原则，亦未把同人刊物与非同人刊物置于相互对立的境地。因此，像康生那样不等《探求者》印出，就先验地宣布它的"反党"罪名，或者像北大有些人那样，将早已自行停止活动的《当代英雄》同人们全部打成右派，令其长期遭受政治上的歧视与迫害，都只能是一种主观、荒唐和毫无人性的错误行为。

2014 年 9 月 18 日写毕

原载《中国文化》2014 年第二期

回忆我当"保姆"的日子

我们的《丛刊》转眼出版了整整二十年，按人来说，如今她已到了青春焕发、最可羡慕的年华。编委会的同事，特别是老学长樊骏，一定要我这个当年做过"保姆"的人提笔写点回忆；我却感到很蹙迫。把一个成年人穿开裆裤、露屁股眼时代的相片，拿出去展览，有必要么？但他们却也说了一个似乎冠冕堂皇的理由："为了保存史料。"数度推辞不获，最终只好勉为其难吧。

《丛刊》创刊于1979年。这年1月，全国高校的学术团体——"高校中国现代文学研究会"正式成立，推举王瑶先生为会长，田仲济、任访秋先生为副会长。早在筹备会议上，代表们就提出要办个学术刊物《中国现代文学研究丛刊》(见《丛刊》创刊号所载《高校中国现代文学研究会成立》的消息报道)。研究会成立后，更明确建议由正副会长兼任《丛刊》正副主编。因我被推为研究会的首届秘书长，就责成我来具体负责《丛刊》的筹备工作。正当我要四处寻找人民文学等几家出版社商量出刊时，北京出版社的邓庆佑、谢大钧同志却主动找上门来。他们捎话说：得知高校中国现代文学研究会想出学术刊物，他们很愿意支持；此前中国社科院文学研究所的同志也有同样的要求，而且已经准备了一部分稿子。可否几方面合作？我将北京出版社这一建议向王瑶先生做了汇报，他一口表示赞同。于是进一步在王瑶先生家中见面磋商，决定《丛刊》由高校中国现代文学研究会与北京出版社合编，一年四辑，每辑不超过二十五万字，由研究会出面聘请专家成立一个编委会，其成员有高校中国现代文学研究会理事十六人①，加上文研所唐弢、林非、马良春、樊骏，上海丁景唐、钱谷融、潘旭澜，广州吴宏聪，江苏曾华鹏，共二十五位。创刊号稿件，文研所同志已提供了一批，但与二十五万字的目标仍有距离。乃由我约请唐弢先生将他在日本一次学术会议上的发言整理成了《〈故事新编〉的革命现实主义》一文；又蒙乐黛云、耿云志两位先生分别赐予《茅盾早期思想研究》《胡适与五四文学革命运动》给以支持；我则在北京出版社督促下写了发刊词《致读者》。

　　《丛刊》创刊号确定后，我原以为我的筹备工作已经完成，可以集中精力转向编写《中国现代文学史》教材以及为

---

　　① 理事十六人除正副会长外，依姓氏笔画为序包括：丁尔纲、公兰谷、支克坚、叶子铭、华忱之、孙中田、邵伯周、吴奔星、严家炎、陆耀东、林志浩、单演义、黄曼君。其中年仅五十出头的公兰谷先生不久去世，当即增补山东大学孙昌熙先生。

《中国大百科全书·中国文学卷》草拟现当代文学辞条目录的工作（当时我被借调在系外）。不料北京出版社又提出，希望我当《丛刊》副主编，其理由是王、田、任三位都是老先生，且田、任两位又不在北京，联系工作不便。我告诉谢大钧同志，我并不适合做这一工作，而且当时编教材等其他任务很重，难以分身。老谢当时诡秘地笑着没有说什么，到1979年9月8日，却给我来了一封信，信中说："《丛刊》第一辑已付印了，但是很难希望在国庆节前见到书，今天的工作效率就是如此，有什么办法呢？"又说："根据王瑶同志的意见，副主编中我们把您的名字添上了。我们社里说，这是学会的内部事务，我们只能照主编的命令行事。"随后就和我讨论起第二辑的稿源与编辑等问题。原来，他制造好既成事实来迫我承认。生米煮成熟饭，从此，我就开始陷入为新生儿当保姆的狼狈境地。

说实话，有关《丛刊》的编辑工作，大量的还是北京出版社同志辛苦做的。从谢大钧同志起，先后有廖宗宜、李志强、母国政共四位同志愉快地和我们共事。出版社每年都要请全体编委来京开会，听取他们的意见，共商《丛刊》的大事；还多次邀请在京编委开过座谈会。编委们虽然分散在各地、处于各种岗位上，却都热情地关心和支持《丛刊》的工作，不但自己写稿，而且还积极帮助组稿。这从谢大钧同志1979年9月8日给我的信中也可看出来，他说："最近一些编委先后来信，有的要组稿的选题计划，有的请求明确任务，积极性甚可嘉。我们考虑，搞一个比较长远的选题计划，请各地编委协助广泛组稿，这对办好《丛刊》是完全需要的。这项工作得请您联系在京的编委们，尽可能给我们拟一批研究题目，由我们打印发至各地。不知您的意见如何？"我自知工作能力很低，出版社提出的确是好主意，可以免除小手工业的工作方式，于是和在京编委商量，尽量拟了一个选题计划，虽然它对于真正的研究工作者可能并无意义。在当时局面尚未打开、学界来稿很少的情况下，我们尽力多发表一些确有新意的稿件。我暗自定了一个工作原则：重点文章自己组，重要稿件自己读。那时电话少而不便，组稿主要依靠往来通信，因此，至今还保留着编委、作者、出版社编辑和我商量稿件、讨论工作的七八十封信件。

开头几期稿件紧张，只得先约一些最方便的同志来写，如请叶子铭写《〈春蚕〉小议》，蓝棣之写《黑牡丹与诗的灵感》，姚雪垠写《重印〈长夜〉的一封信》等。实在有困难，甚至还得自己动手。记得1980年第一期有纪念"左联"五十周年的专栏而缺少有分量的稿子，急得火烧眉毛，忽然灵机一动，想起20世纪60年代初夏衍同志曾就"左联"问题和我们现代文学史教材编写组有个谈话。于是我找出笔记，连夜着手整理，一天一夜总算赶出了五千多字，然后委托编辑部送请夏衍同志亲自过目，这就是那篇叫作《关于中国左翼作家联盟》的文章。至今还有印象的是：夏衍对我整理的这篇谈话未作改动，大概还比较满意，只是当初谈话中提到周恩来总理、康生、李富春

1929 年曾对成立"左联"问题给予关心和指示，其中"康生"的名字，却因夏衍认为"'文革'中此人很坏"而被删去了。谢大钧劝我署上记录整理者的姓名，还说按夏衍的意思要将稿费给我，我回答说："不必署整理人的名了，稿费也还是留给夏衍同志为好。"

还有一件事留给我的印象也很深刻。楼适夷同志写了一篇有关 20 世纪 30 年代文学的文章，《文学评论》编辑部已经决定要在刊物上发表，但因其中提到胡风原是日共党员，回国后要求转为中共党员等内容，荒煤同志不同意发表，而且报告某权威部门，把此稿撤了下来。我当时颇为吃惊。因为 20 世纪 50 年代整肃"胡风反革命集团"时，已有批判文章暗示胡风"钻进"日共内部进行破坏，为什么当人们强调解放思想、实事求是的时候，反倒不能说明真相了呢？我就设法将此稿要了过来，决定由《丛刊》采用。不料出版社同志不放心，又去请示某权威部门，结果还是没能发表。我只好向适夷同志当面表示歉意。最后，楼适夷同志这篇稿件不知怎样转给了陕西的《延河》杂志，已经排印出来，被一位同志知道后，又报告某权威部门，经这一部门给陕西省委宣传部挂长途电话，制止文章发表。《延河》编辑部迫于如此强大的压力，终于在发表时删除了文中提到胡风是日共党员的话。可见，尽管 20 世纪 80 年代初大家都在说解放思想，实际上要讲点真话依然如此困难，由此也可以想知胡耀邦同志当年为胡风冤案平反是多么不容易。不得已，我在 1980 年《丛刊》第四期《从历史实际出发，还事物本来面目》一文中，痛心地写下了这样一段话：

> 胡风曾经加入日本共产党，这本来完全是事实：和他一起加入日共以及介绍他加入日共的同志，至今还活着；当年由中共中央派到日本经过胡风与日共取得联系的同志，也都写了回忆文章证明这一点。可是，有的同志对此总是回避，不许别人在文章中提到。他们忘记了，早在1955年批判胡风时，有的批判文章中就已经隐隐约约地点明了胡风"钻进"日共内部这一情况。为什么批判时可以说，今天通过正常途径在文章中偶尔提到这种几乎尽人皆知的事实，就仿佛犯了莫大的过失呢？……马列主义、毛泽东思想的体系中哪有这样的道理呢？

《丛刊》头两年由我和北京出版社的同志协同编辑。但1980年夏我返回系内后，教学任务较重，加上研究会秘书处和大百科全书中国文学卷的工作，合在一起就常感到顾此失彼，疲于奔命，《丛刊》质量也难以较快提高。支撑到1981年秋天，只得向王瑶先生建议：《丛刊》编务工作可否采取在京编委轮值制，一人负责编辑一期，平均两年中每位编委轮值一次，这样也便于发挥每位编委的积极性。此议得到王瑶先生的支持，后来也得到在京编委们的一致赞同。于是，从1982年起，正式实行由在京编委轮值编辑的制度。我除了负责统筹并审读一些重点或有争议的稿件外，也参加轮值一期。这一举措在一定程度上为《丛刊》带来了新的气象：轮值的编委分工明确后，早早动手积极向外约稿，扩大了作者的队伍，也提高了《丛刊》稿件的素质。

现在回过头去看，《丛刊》在创办的最初几年中，由于主编王瑶先生领导有方，各位编委努力工作，以及北京出版社同志们的通力协作，确实收到了多方面的积极功效。

第一，它促进了全国现代文学研究工作者的协调一致和全国性学术团体——中国现代文学研究会的早日成立。大家知道，最初由陆耀东、黄曼君、邵伯周、吴奔星先生等十六所高校代表积极倡议并推动成立的是"高校中国现代文学研究会"，它不包括国家和各省区社会科学院系统的同行在内。而由于《丛刊》的创办，编委会成员除原"高校中国现代文学研究会"的十六名理事外，一下子扩展到了中国社科院文学研究所，又增补了部分暂缺的南方高校的同行，其代表性相对来说就宽广完整得多。在此基础上，1980年包头举行的中国现代文学研究会第一届年会邀请社科院系统的代表，也就显得顺理成章。包头会议之后，《丛刊》编委新增了王景山、乐黛云、田本相、杨占升四位，刊物自1981年起，内封上所印的"高校"二字也取消了，成为"中国现代文学研究会与北京出版社合编"的刊物。1982年海口年会之后，《丛刊》根据工作需要又增补吴子敏为编委。这样，刊物与学会就密不可分，中国现代文学学科从一开始起就统一在一个学会之内，而没有像有些兄弟学科

（例如当代文学）那样，出现两个学会并峙的局面。这对于同行间的团结协作和学科本身的发展，都很有好处。

第二，《丛刊》催动了中国现代文学学科中新人的成长。近十多年学术上一批非常引人注目的中坚和骨干力量，像杨义、赵园、刘纳、凌宇、钱理群、吴福辉、温儒敏、陈平原、王富仁、金宏达、蓝棣之、陈思和、李辉、许子东、朱东霖等，20世纪80年代前半期都曾在《丛刊》上发表了他们的论著，显示了他们的功力。他们因《丛刊》而多获得一个展示才华的园地，《丛刊》也因他们而显得富有朝气，可以说，他们是和《丛刊》一起成长的一代。在编辑过程中读他们的文章，时而获得启迪，时而感到新鲜，时而受到震撼，常常享受到一种很大的愉快。值得一提的是，有几位过去似乎较生疏的名字（也可能由于我自己的孤陋寡闻），像李旦初、沈敏特，他们给《丛刊》连续投寄的稿件，以敏锐的学术触觉和独立的分析思考崭露头角，引起了编辑部和广大读者的注意。他们是现代文学学科中思想解放的弄潮儿，大大活跃了当时的学术气氛，虽然后来不知什么原因反倒沉默了。

第三，《丛刊》在创办之初，学术上有分量的文章较少，未免有些单薄，但随着新生力量的成长和组稿工作的加强，逐渐显示出可贵的进展。其标志是学术上有分量的文章渐次增多，作者的分布面也渐次宽广。许多青年学者十分活跃，上面提到的各位都在《丛刊》上发表了富有新见解、质量相当高的论文。而不少前辈学者和中年学者也都给予支持，发表了有分量的论著，如王瑶的《关于中国现代文学研究工作的随想》，刘泰隆的《论鲁迅思想发展的一贯性》，陆耀东的《论冯至的诗》，樊骏的《从〈鼓书艺人〉看老舍创作的发展》，郭志刚的《论孙犁作品的艺术风格》，吴组缃的《谈〈春蚕〉——兼谈茅盾的创作方法及其艺术特点》等。这样，就使《丛刊》大体上做到每期都有几篇很可一读的文字。

然而，在市场经济的条件下，刊物的命运如何，并不完全取决于编者的主观愿望，甚至也不完全取决于刊物的学术质量，归根结底，取决于经济实力和市场销路。正在《丛刊》艰难地向上爬坡的时候，其印数却反比例地呈下降的趋势。此中原因，说来或许话长。

20世纪70年代末，国内文学研究方面的书刊并不多。当时的出版物，一般印数都比较高，连我那本自觉汗颜的《知春集》，人民文学出版社也印了三万册。《丛刊》创刊号也印了三万册，居然大部分很快销出。于是北京出版社放大胆子，第二辑印了三万两千册，结果却有大量剩余积压。第三辑印了两万六千册，仍有较多未销出。从第四辑到第十五辑，将近三年中，印数都在一万册左右徘徊（多时一万三千册，少时七千册）。当然，如果维持在这一万册左右的水平线上，出版社尚能盈利；但如果降到六千册以下，出版社就要赔本，《丛刊》生命也会受到威胁。因此，出版社曾邀请编委们多次开会商议：如何改变刊物面貌，提高刊物质量，适应读者要求，以扩大《丛刊》发行量。有的编委提议开辟"青年园地"，吸引大学生和研究生都来购买。有的编委提议直接向国外各大学图书馆发行，价格不妨提高。记得吴奔星先生还曾出主意"掏中学语文老师的腰包"，说许多中学教师需要文学课文讲析的参考资料，建议《丛刊》增设"名篇赏析"栏目。这些意见诚如母国政同志当时所调侃的，是"书生生意经"。实际上，随着 20 世纪 80 年代中期出版书刊爆炸性地增多，市场竞争越来越激烈。而与此同时，《丛刊》的出版周期却又拖得越来越长，拖期时间由最初三四个月竟增加到半年、十个月乃至更长，刚出的刊物读者以为是旧刊，当然更不愿买，于是形成了恶性循环。显然，出版社对《丛刊》已逐渐由原先的热衷到失去信心。自第十六辑以后，印数降到六千册左右，在这种情况下，放下包袱，也许是唯一出路；作为当事人，我们也能充分理解北京出版社的这种为难之处。因此，到 1984 年夏，当出版社实行机构大改组时，我终于在轮值编完第二十一辑写的《编后记》中，写下了如下一段话语：

> 到本辑为止，《中国现代文学研究丛刊》已出了六年，共二十一辑。从明年（1985）起，本刊将实行改版，决定由中国现代文学研究会与中国现代文学馆合编，并移到作家出版社出版。趁此机会，我们代表读者、作者和编者对北京出版社在过去六年中给予的大力合作、帮助和支持表示诚挚的感谢！祝北京出版社今后在推进中国现代文学研究的事业中取得更大的成绩，做出更出色

的贡献!

我在《丛刊》幼年时期当她的"保姆",就是从创刊号的《致读者》始,而以第二十一辑这篇《编后记》告终的。

原载《中国现代文学研究丛刊》2000年第一期

附

记

金庸答问录

　　我和查良镛先生曾有机会多次接触，聆听过他的许多高见。但常为时间或场合所限，一些很想知道的问题往往无法涉及，或因谈得不畅而感到意犹未足。于是我改变办法，事先将问题书面寄给查先生，请他专门接受一次采访。终于在1995年3月3日下午实现了这个愿望。

　　这次采访是在轻松漫谈的方式中进行的。可惜当时没有带录音机，记得不好。下面是我提问和查先生回答的大致记录。本文直到最近才整理出来，并经查先生亲自过目。

　　问：您幼年读过四书五经吗？何时开始接触诸子和佛家思想？您对中国传统文化的看法怎样？

　　答：我祖父是清朝进士，大伯父是清朝秀才。到二伯父，就进北京大学国文系念书。我父亲是祖父的小儿子，他上的是震旦大学。我哥哥也上新式学校，与冯其庸是同学。我自己小时候没有进塾读四书五经，一开始就念小学。传统文化除耳濡目染外，主要是我自己慢慢学的。佛经读得更晚。

我认为中国传统文化有许多好东西。像中国史笔讲究忠于事实，记录事实，这就很好，与西方观点也完全一致。史识是作者的，但事实是客观的，不能歪曲。评论可以自由，事实却是神圣的。春秋笔法就是于记载事实中寓褒贬。齐国崔杼杀了庄公，齐太史就记载："崔杼弑其君。"这位史官很快被崔杼杀了。史官的弟弟上任后还是那样记载，又被杀。到第三个弟弟，还是写崔杼"弑庄公"。这种史笔就很了不起。

我对传统文化是正面肯定的，不会感到虚无绝望。

当然，中国传统有好的，也有不好的。

东汉、宋朝、明末都发生过学生运动，就看引导的方向如何。

我在香港大学讲演，题目就是《君子和而不同》，强调要保持独立思考和独立见解。这就是传统文化观念的现代发挥。

中国传统文化观念讲究有节制，要含蓄，不赞成廉价宣泄，这也是很好的主张。

我并不排斥西方。西方哲学家像罗素、卡尔·蒲伯，我也很喜欢。

问：您何时开始大量接触外国作品？在欧美文学方面，您喜欢哪些作家作品？

答：抗战后期我在重庆中央政治学校念外交系，那个学校国民党控制很严，国民党特务学生把很多人看作"异党分子"，甚至还乱打人。我因为不满意这种状况，学校当局就勒令我退学。我只好转而到中央图书馆去工作，那里的馆长是蒋复聪，他是蒋百里先生的侄子，也是我的表兄。我在图书馆里一边管理图书，一边就读了许多书。一年时间里，我集中读了大量的西方文学作品，有一部分读的还是英文原版。

我比较喜欢西方 18—19 世纪的浪漫派小说，像大仲马、司各特、斯蒂文生、雨果。这派作品写得有热情，淋漓尽致，不够含蓄，年龄大了会觉得有点肤浅。后来我就转向读希腊悲剧，读狄更斯的小说。俄罗斯作家中，我喜欢屠格涅夫，读的是陆蠡、丽尼的译本。至于陀思妥耶夫斯基、列夫·托尔斯泰的作品，是后来到香港才读的。

问：在中国新文学方面，您接触或喜欢过哪些作家作品？

答：中国新文学作家中，我喜欢沈从文。他的小说文字美，意境也美。鲁迅、茅盾的作品我都看。但读茅盾的作品不是很投入。

问：您在《倚天屠龙记》中写谢逊这个灵魂和肉体都受尽创伤的人物时，说他的叹声"充满着无穷无尽的痛苦，无边无际的绝望，竟然不似人声，更像受了重伤的野兽临死时悲嗥一般"，这令人想起鲁迅小说《孤独者》写魏连殳的哭声"像一匹受伤的狼，当深夜在旷野中嗥叫"。二者意象的相似，是不是说明您潜在地受过鲁迅的影响呢？

答：是的。我的小说中有"五四"新文学和西方文学的影响。但在语言上，我主要借鉴中国古典白话小说，最初是学《水浒》《红楼》，可以看得比较明显，后来就纯熟一些。

问：您从事的编剧和电影的实践，对您的小说创作有什么影响？为什么您的小说笔墨形象特别鲜明，而且具有强烈的质感和动感？

答：我在电影公司做过编剧、导演，拍过一些电影，也研究过戏剧，这对我的小说创作或许自觉或不自觉地有影响。小说笔墨的质感和动感，就是时时注意施展想象并形成画面的结果。

戏剧中我喜欢莎士比亚的作品。莎翁重人物性格、心理的刻画，借外在动作表现内心，这对我有影响。而中国传统小说那种从故事和动作中写人物的方法，我也努力吸收运用到作品里。我喜欢通过人物的眼睛去看，不喜欢由作家自己平面地介绍。中国人喜欢具体思维，较少抽象思考，我注意到这种特点，尽量用在小说笔墨上。这些或许都促成了我的小说具有电影化的效果。

我在小说中也确实运用了一些电影手法。像《射雕英雄传》里梅超风的回想，就是电影式的。《书剑恩仇录》里场面跳跃式地展开，这也受了电影的影响。一些场面、镜头的连接方法，大概都与电影有关。

至于把小说场面舞台化，当然受了西方戏剧的影响。刘绍铭先生曾经提到过《射雕英雄传》里郭靖的"密室疗伤",是戏剧式的处理。(严插话:其实,这类例子还有很多。)

《雪山飞狐》中,胡一刀、苗人凤的故事出自众人之口,有人说这是学日本电影《罗生门》(据芥川龙之介原作改编)三个人讲故事,讲同一件事但讲法不同。不过,在我其实是从《天方夜谭》讲故事的方式受到了启发。不同之人对同一件事讲不同的故事,起源于《天方夜谭》。

问:您什么时候开始写散文的? 20世纪40年代写过小说吗?

答:写散文主要到香港之后。20世纪40年代在陈向平主编的《东南日报》副刊《笔垒》上也发表过散文。

我在重庆时曾经写过短篇小说,题为《白象之恋》,参加重庆市政府的征文比赛,获得过二等奖,署的是真名。题材是泰国华侨的生活,采用新文学的形式。

《绝代佳人》是根据郭沫若写如姬的剧本(严按:即《虎符》)来改编的,曾得过文化部的奖。

问:有人说郭靖形象中有您的影子,这可能吗?

答:作家其实都有折射自己的时候,都会在作品中留下某种烙印。

写郭靖时,我对文学还了解不深,较多地体现自己心目中的理想的人格。如果说有自己的影子的话,那可能指我的性格反应比较慢，却有毅力，锲而不舍，在困难面前不后退。我这个人比较喜欢下苦功夫，不求速成。

到后来，随着对文学理解的加深、实践经验的增多，我的小说才有新的进展。后面的小说，处理这个问题比较好。

问：可不可以说您把武侠小说生活化了？使武侠小说贴近生活、贴近人生，是您的自觉追求吗？

答：生活化问题，不一定是有意的追求。我的小说写武功的那些情节，是比较神奇的，并不生活化。但一写到人物的经历、感情，以及人们的相互关系，这些就必须生活化，必须使读者感到真实可信。

问：有部《金庸传》曾提到您对曾国藩的看法，不知是不是像传中所说的那样？

答：我年轻时读过《曾国藩家书》，那时对曾国藩是否定的，把他看成汉奸。因为蒋介石很捧曾国藩，我们就坚决反对。后来才改变看法。

《倪匡金庸合论》那里面对我评论得实在未必对（有关曾国藩）。

有一部《金庸传》，是根据各种公开的文字材料七拼八凑再加上想象写成的。作者在写作成书之前并没有访问过我。讲我家乡是哪一县、哪一市，很多是错的。还说我 20 世纪 50 年代初 2 月份到北京时穿一件衬衫和牛仔裤。其实我一辈子从未穿过牛仔裤。在北京2月份只穿一件衬衣，非冻死不可，他以为北京和香港差不多。有关邓小平接见前批示"可以"之类，更是胡编乱造。

1998年10月依据当时记录整理

从"春华"到"秋实"

——严家炎先生访谈录

□访问：北京大学中文系洪子诚、贺桂梅

求学经历：从"文学青年"到北大副博士研究生

贺桂梅： 在翻阅有关您的介绍文字时，我发现在 1956 年考入北京大学中文系攻读副博士学位之前，您没有正规大学的学历，而就读过的是华东人民革命大学。这所大学和一般大学有什么不一样？当时您为什么选择这所大学？

严家炎： 华东人民革命大学在苏州。它第一期招的都是老干部，比如山东南下的一些干部。第二期招的是知识青年，很大一批是大学生，但不一定是大学毕业的，也有高中生、初中生，文化程度是不一致的。但反正都是报了名，做了些考查就录取。我 1950 年 6 月份报名，是违背我母亲的意愿的，她想让我上正规大学，近一点的就上复旦。我不干。我因高中时曾发表过两个短篇小说，一心想搞创作，自以为上生活这所大学最需要，可以快一点似的。听说华东革大培养土改干部，我就去了。到年底结业，就半年时间，是一种速成的训练干部的办法。

洪子诚：当时都学些什么内容？

严家炎：学社会发展史，历史唯物主义，辩证唯物主义，联系思想实际，强调知行统一，树立革命世界观。也留了二十天左右学《土改法》，讨论划分农村的阶级，几次土改中的经验教训。当时我自己的体会是，这种速成有一定效果，但这种效果要看老师教得怎么样。我们的老师是刘雪苇，后来被批判为"胡风分子"。他很早就到延安去了，参加了延安文艺座谈会。他讲课讲得非常好。因为自己搞一点文艺工作，他就结合文艺工作讲一些体会，比如讲到创造社、太阳社和鲁迅的论争，就说不要搞小资产阶级的狂热性，不要以为翻个跟斗自己就俨然是无产阶级了。无产阶级应该是踏踏实实的，真正的干革命应该是艰苦的，一步一个脚印的。我觉得听了他讲的那些东西之后，真有帮助，心悦诚服地愿意让自己成为革命海洋中的一滴水。如果是一个没有水平的人，在那里讲不出什么名堂来，我相信效果一定是很差的，所谓结业也是达不到要求的。刘雪苇讲得相当生动相当深刻，很诚恳。连他自己参加革命后的体会他都融合进去，收到一些特殊的效果。

在正规大学是可以系统地读书而且受到严格的训练的，这条路不应该被否定。我尽管在1950年到1956年这六年里还在抓紧时间学习，时间全都是花在学习上的，但觉得这还是不够，还是应该进高等学校。特别是反胡风之后，刘雪苇这样的人也被抓起来，我很想不通，也很怀疑。胡风呢，我 20 世纪40 年代起，还是个小孩子的时候就喜欢看一些文艺方面的东西，我就认为他是一个进步的知识分子，一个进步的作家。解放初他就发表《时间开始了》，我觉得他还是很有激情的，是歌颂新中国歌颂革命的。我原来还买了他几本书，像《在混乱里面》《逆流的日子》《论现实主义的路》，像路翎的作品《饥饿的郭素娥》，我都读过的。胡风的书很难读，读起来头痛，但总的意思能体会。

贺桂梅：您当时读胡风和路翎的作品，和读解放区作家比如赵树理的作品，会更喜欢哪一种？

严家炎：我觉得路翎还是有深度的，所以在 1952 年前后报纸上批《洼地上的战役》我也有点想不通，有点不以为然。像解放区的作品，1949 年上海一解放，我们同学喜欢文学的就自发地组织起来，暑假都没有回家，就在学校里面讨论《在延安文艺座谈会上的讲话》《解放区短篇小说选》《太阳照在桑干河上》，都是读了再讨论的。我当然是拥护这个方向的，觉得有出息的文艺家应该到生活里面去，到火热的斗争里去。但是我并不否认有些作家他们的思想是深刻的，解放区有些作品达不到。赵树理他们的作品读起来很亲切，让人耳目一新，是一种农民的语言，农民的感情，这个我很能理解也能接受。但我觉得这两种作品不一样，难道要把一些有深度的作品也降下来吗？

贺桂梅： 您当时就是这么想的？

严家炎： 当时我就是这么想的。我是认为胡风等一些作家，他们的作品是有深度的。所以后来反胡风反得那么厉害，所谓的密信都抄出来了，尤其是第二批发表的那些，显然纯粹是私人的通信，可是抄出来了。我觉得非常吃惊，无法理解。所以后来到了学习反胡风，那时候全国各种岗位都要学习，并不光是文学艺术、文化部门，我们是经济部门，所有部门都要讨论，都要表态，都要划清界限。我把买的一些胡风他们的书就交给组织上审查了。我不认识这些人，除了刘雪苇是我们的老师以外都不认识。

那个事情对我的刺激是，看起来搞文学创作的道路不那么简单。我就对下面的路怎么走产生怀疑了。所以，觉得如果有机会让我进大学系统地读点书的话我是很乐意的。恰好这时看到报纸上北大招副博士研究生的广告，考外语、哲学、中国文学史、文艺理论几门课，我就想我也不妨试试，征得领导同意后我就报名了，但是不给学习时间的，并不因为你要参加这个考试给你腾出时间。直到最后考前一个星期，领导给我放了假，可以完全摆脱工作，专门去读书准备考试。搞文学研究和搞文学创作这两条路子我觉得都是可以的，华东人民革命大学有它的长处。

贺桂梅："副博士"是怎样一种学位设置？我看到有关简历上写您当时是"肄业"，这是怎么回事？

严家炎：1952 年我们国家决定了一个方向就是要学习苏联。苏联没有硕士研究生，它叫副博士研究生。学制四年，正式授予学位，副博士之后就是博士了。北大登广告已经是 1956 年夏天了，考试的时候是 9 月份，所以当年来不及入学了，就让我们到 1957 年春节后再入学。在那儿学四年就是 1961 年的春节才毕业。当时说是有学位，但是到了 1958 年，毛泽东主席发话要限制资产阶级法权后，军队取消了元帅、大将、上将、中将等军衔，大学就取消了博士、副博士学位。研究生还是要招的，但是说明了将来毕业的时候没有学位。但我为什么后来没有学下去呢？倒不是因为这个原因，而是 1958 年 10 月组织上决定把我提前调出来，最重要的原因就是北大中文系青年教师没有几个了。

洪子诚：就是当右派去了。（笑）

严家炎：右派划得很多，主要是第二期反右。第一期的反右是 1957 年，从 6 月份开始，秋天结束，划了一些，很少。全校的反右主要是第二期。我 1957 年 2 月进北大读研究生以后，那是拼命用功，埋头苦读的。忽然系里把我叫去谈话，我恳求不要把我提前调出来，到 1961 年毕业了再调，那时你愿意叫我做什么我都服从分配。他们说不行。没有征求我的意见，已经报到北京市的人事局去了。北大这样的学校，业务上归教育部管，但是人事权的变动是由北京市市委组织部和北京市人事局来管。他们说我们已经报过去备案了，市里也已经点头了。找我谈了一次后不通，我确实有很多想法。第二次又找我谈，然后第三次就说你必须同意，你是党员，不服从分配不行，要处理的。最后我就只好答应了。这样就在 1958 年 10 月底的时候确定让我出来，承担下学期留学生的课，给我准备的时间也就是两个多月。我的副博士研究生生涯就这样结束了。

贺桂梅：您就读副博士时期所学专业是文艺理论方向。这个方向当时的主要理论教材是不是苏联毕达可夫的《文艺学引论》？您是否觉得自己的主要理论资源和美学趣味主要受到类似于苏联文艺理论体系的影响？

严家炎：毕达可夫的课我没有经历过。我们 1956 年报考的时候毕达可夫刚刚离开，他在这里讲课是 1954 年、1955 年，就是蒋孔阳、王文生、吕慧娟等在北大进修的时候。我们进来的时候他们已经回去了，我们看到蒋孔阳他们送的一个玻璃镜框，写着"感谢北大……"。本校文艺理论教研室的老师当然都去听课了。当时是俄语系的一个老师来翻译毕达可夫的东西，翻译的结果后来就出了那册文艺学讲义（《文艺学引论》）。

苏联这套文艺理论，我在进北大以前是熟悉的，因为我自己读了很多书。那个时候的《文艺报》是杂志，现在我还保存着，那上面有不少苏联的东西。苏联文艺界的情况我很注意，读了他们翻译过来的一些理论。比如尼古拉耶娃的文章，讲文艺特征的，比如典型问题，批评马林科夫的，这些问题我都曾注意。中国自己，比如讨论李煜词，反拉普，反无产阶级文化派，这些东西我都是比较熟悉的。还有奥维奇金的特写。苏联文艺作品当时读了不少，什么《远离莫斯科的地方》《青年近卫军》等，高尔基的作品以及文论，这些我都是读了的。我觉得我们中国与苏联有距离，思想解放的程度连苏联已经批判的东西都没有达到。苏联的拉普的东西拿到中国来读读，那好像也不必批，为什么要批判呢？

不过，我进北大后，主要是按导师杨晦、钱学熙先生开列的那份书单来读，其中有上百本（套）中西方自古到今的名著。那是很有益处的，真正为我打下了学术基础。

贺桂梅：您在北大讲授现代文学史的时候用的是什么教材？对当时的主要文学史著作比如王瑶的《新文学史稿》、刘绶松的《中国新文学史初稿》、张毕来的《新文学史纲》和丁易的《中国现代文学史略》，您有些什么看法和评价？

严家炎：王瑶先生的《新文学史稿》我们考进来的时候已经不能做参考教材。给我们的通知里面有要考几门课、哪门课用哪一本参考书的具体规定。现代文学史指定的是刘绶松的《中国新文学史初稿》。为什么呢？因为王瑶先生的《新文学史稿》里面引了大量胡风的东西，成段成段地引。之前已经为王瑶先生的书开过座谈会了，大概在 1952 年前后。到了反胡风以后，1955 年就开始批评王瑶的书了，所以当然就不能用了。我去教书也不能拿刘绶松的，因为里面涉及的好多作家反右之后都垮了，比如丁玲、艾青、冯雪峰等。只要搞一个运动，教材就老出问题。王瑶的是最早不能用，然后第二批就是刘绶松、丁易的。张毕来的我感觉到是比较好的一种，但是只有一卷。

我自己摸了王瑶、刘绶松的文学史以后，感觉有些重要问题上讲得不大准确，例如把 1916 年作为新民主主义文学革命的开端。陈独秀他们真是那么早就受马克思主义的影响吗？我挂了个问号。所以我备课的时候，就自己去翻《新青年》。至少有将近二十天时间都花在《新青年》上，从它创办的 1915 年到 1920 年，我把这段时间的《新青年》全翻了一下，主要是文艺、文化方面。越看越觉得不对。陈独秀 1916 年的时候还在公开主张中国人应该走德国军国主义的道路才能强起来，根本看不出有什么马克思主义的东西。李大钊，被认为最早传播马克思主义，那也要到 1918 年。十月革命本身就是在 1917 年 11 月才发生的，要接受十月革命的影响那也只能到 1918 年。所以说 1916 年就是新民主主义的文学革命，即使按照毛泽东主席的说法那也不符合，《新民主主义论》中没有说 1916 年就是新民主主义革命。另外，《新青年》在文学革命方面真正呈现新的面貌——像编辑部扩大和成员增多，优秀新文学作品成批涌现并向全国推开，对俄苏文学的重视和研究等，也是在

1918 年以后到 1921 年期间发生的。

我记得后来上第一次课的时候，1955 级、1956 级同学也在座，我曾以专题的形式，讲过这个问题。1959 年春天起，部分恢复上课。刚复课的一学期，王瑶先生和其他老师每人各讲两讲。我给 1955 届、1956 届讲的，一讲是"五四"文学革命的性质问题，讲我的看法；另一讲是讲延安文艺座谈会的背景。我觉得因为自己毕竟是工作过的人嘛，还是有一些自己的想法。我与张毕来的意见一致，他考察陈独秀思想的发展，认为陈独秀是 1919 年的下半年和 1920 年的上半年，才明确地接受了马克思的阶级论，我觉得这个看法符合事实。丁易的文学史呢，我的感觉是，这虽然是在莫斯科的一个讲稿，但讲得比较一般，比较浅。

初露头角：《创业史》批评与"中间人物"论

贺桂梅： 您 20 世纪 60 年代初就柳青的《创业史》发表的评论文章《关于梁生宝形象》《谈〈创业史〉中梁三老汉的形象》等曾产生很大的影响，已经成为文学史上有关"中间人物"以及《创业史》这部小说的评价经常涉及的史料。1962 年邵荃麟在大连会议上提出"写中间人物"，与您对梁三老汉这一形象的评价非常接近。你们之间有过交流吗？

严家炎： 写这些文章的时候没有什么交流。我跟邵荃麟是有接触的，因为从 1958 年春天开始，《文艺报》聘请胡经之、王世德和我三个人做它的评论员，开会听报告时有时见到。另外 1958 年下半年，周扬有"建设中国的马克思主义美学"这个想法，想用北大中文系的力量跟他们结合起来。当时请了林默涵、邵荃麟这些人到北大来做报告、讲课，但那时《创业史》还没有面世。

洪子诚： 后来他们来了吗？因为我一点没有印象，我就记得周扬来讲过。

严家炎： 来了。周扬报告之后，荃麟、默涵也来讲过。默涵、荃麟他们还另外做了一些事情。林默涵要北大中文系的青年老师和学生帮他们编一套文艺思想斗争资料书，比如同胡风集团的斗争，同民主个人主义者的斗争，同战国策派的斗争，都是有关 20 世纪 40 年代这些斗争的资料。跟一个方面斗争就是一本书，一套总共有五六本。他们就在 1955 级的学生里面找了几个参加，再加上我，也找了一两个青年教师吧。他们来谈想要怎么编，带来好多材料。既然一个方面要编一本书嘛，那当然要很多材料，让我们去编选。在编选材料的过程中，有一次邵荃麟跟我们谈的时候发脾气了。他说："姚文元怎么就那么胆大妄为啊，竟然批起巴金来。"批巴金是姚文元 1958 年秋在《中国青年》杂志上发表的批判文章，前一篇批《灭亡》，后来批到《家》《春》《秋》了。邵荃麟说："巴金现在正在国外，开亚非作家会议，做团结亚非作家的工作，国内却批判起他来了，这叫什么话！"邵荃麟又气愤地说："太不应该了，事先也不请示，根本不向作家协会报告，自己就在外面发这种批判文章。"

洪子诚：当时这个所谓的"讨论"延续的时间还比较长，大概是作家协会控制不了《中国青年》《文学知识》这些刊物。《文学知识》作协好像管得了的，为什么能让它在 1959 年延续这么长的时间？

严家炎：问题恐怕在于，最高领导人在八大二次会议上发出了"破除迷信，解放思想""敢于藐视权威，批判权威"的号召之后，实际上事情已到了几乎"失控"的地步。

回到荃麟和《创业史》的话题上来吧。荃麟为人正直，很有原则，我非常尊敬他，但跟他在《创业史》方面没有交流，也没有谈到过什么中间人物。我写那篇《谈〈创业史〉中梁三老汉的形象》，完全是根据个人读作品得来的感受。我认为《创业史》这部作品水平相当高，而人物中写得最成功最丰满的就是梁三老汉。这是自己读作品而且连续读了两遍，边读作品边做笔记，用第二遍来验证第一遍的印象是否正确，这样才形成的一些思想。荃麟读过我发表在《文学评论》上的这篇文章。据冯牧在 1961 年秋末《文艺报》评论员会后对颜默和我的谈话透露，作协党组书记的荃麟，曾对这篇评论梁三老汉的文章相当欣赏，给予了较高的评价。我觉得荃麟 1962 年的大连会议讲话对冲破教条主义、机械论很有贡献，但 1964 年有的领导人为减轻自己的压力，把他抛出来批判的时候，他却没有怨天尤人，推卸责任，而是自己勇敢地掮住闸门，放年轻人过去，这是一种了不起的品格。比方说"中间人物"论，沐阳（谢永旺）就写了《中不溜儿的芸芸众生》一文，文章很短，但是话说得比较俏皮嘛就被传开了。荃麟没有把谢永旺也没有把我踢出来，他认为这是年轻人，要负责任的话应该是他们这些做领导工作的干部。邵荃麟一点都不推卸，这是一种危难时刻敢于挺身而出、顶天立地的人格。

贺桂梅： 1964 年后开始批评"中间人物"时波及您了吗？与柳青之间关于梁生宝形象的争论，您今天怎么看？

严家炎： 1964 年批"中间人物"的时候，有不少文章是涉及我了。早一年，先是批评我有关梁生宝形象的意见。那时我二十多岁，措辞不讲究，有点冒失，像"三多三不足"啦，挺挖苦人的话，难怪柳青生气了。据《文学评论》编辑张晓萃女士告诉我，柳青对我评梁三老汉的文章是很欣赏的。梁三老汉这个文章发得早，梁生宝这篇我也是给《文学评论》的，但是《文学评论》开始不发，有些犹疑，到了 1963 年才发出来，中间隔了两年。发出来以后柳青很生气，就在《延河》上登了那篇《提出几个问题来讨论》的文章。

1967 年在西安我跟柳青见过一次面。当时柳青受了点冲击，我还保了他，我向陕西作协有关领导说，像柳青这样能写出《创业史》的作家，不应该受冲击。柳青问我："你当时为什么要写批评梁生宝的文章？是不是有大人物做你的后台啊，是不是林默涵让你写的啊？"柳青其实是在套我的话。因为林默涵在领导岗位上一向是很"左"的，他怎么可能指示我批评梁生宝呢！我告诉他："没有人指使我，是我自己想写的。可能语气上有点轻率，冒犯了。"他问我："你写这文章时多大岁数？"我说："二十六七岁吧。"他就说："我要知道你还是一个年轻人的话，我也不该写《延河》上那篇文章的。"（笑）后来柳青患病在北京住医院时，我还去看望过他。我们相处得很好。

贺桂梅： 除了《创业史》之外，20 世纪 50 年代到 60 年代发表的作品您都会去阅读吗？我看到您写过评论文章的当代文学作品还有《红岩》《李自成》，这之外当时有心得的作品还有哪些？

严家炎： 20 世纪 50 年代到 60 年代的许多作品，像《红旗谱》《红日》《组织部来了个年轻人》《红豆》《李双双小传》等，我都是读了的。我开过当代文学的专题课，同学们对我的《红旗谱》评论还挺有兴趣，但当时来不及写成文章。赵树理的《锻炼锻炼》我当时也读了的，我也比较欣赏，赵树理那种幽默感我是喜欢的。而且我觉得赵树理从做人到作风都很实在，敢于反对当时流行的"大跃进"的"左"的浮夸风气。包括《山乡巨变》我也是都读了的，我也很肯定里面的陈先晋，不过因为朱寨已经写了文章我就不必再去写了。实际上我们当时是把现当代文学连在一起研究的。

学科中坚:《中国现代文学史》和文学"现代化"

贺桂梅:《中国现代文学史》三卷是现代文学学科发展史上的核心教材,并且它的写作方式与写作过程也与当代中国的政治变迁密切相关。作为这部文学史的主编之一,请您谈谈它的编写过程中的一些具体情况。

严家炎:《现代文学史》也是跟《古代文学史》一样,从 1961 年 3 月开始组织队伍重新编写的。不过《古代文学史》是以北大为根据地,编写组就住在北大招待所那边。《现代文学史》最初由北师大主持,搬到中央党校去了,但有点像群龙无首,进展不顺利。后来决定由社科院文学研究所唐弢先生担任主编,经过周扬和文科教材办公室同意,才算步入正轨(唐弢原先只是这本教材的顾问)。

唐弢大概是从 1961 年 9 月中旬或 10 月初来的。本来 9 月上旬教育部人事司突然通知我,要我回北大,我也不知道要干嘛,回到北大中文系一了解,才知是要我出去接替冯钟芸先生到匈牙利布达佩斯大学去教书。我当然是很高兴出去看看的。(笑)教育部人事司在电话里已经说了:下个星期你就走,国际火车票已预订好了,其他方面你赶紧做一点准备。那个时候去匈牙利是坐火车,经过苏联。我就在家里等了。结果五天后仍没消息。我问教育部人事司的人,他们说要等一等。稍后他们给我透露,其实是唐弢不放,让教育部把我扣着。唐弢刚刚担任主编，所以教育部对他的话很尊重。最后唐弢和教育部人事司商量定了，当时中国跟苏联东欧的关系也越来越不好，冯钟芸先生从匈牙利回来以后，我们就不再派教师去了。这样，我又回到了教材编写组。

贺桂梅：书稿写作过程中您负责的是哪些部分？《现代文学史》的写作跨越了"文革"前后两个时段，这期间有些什么变化？

严家炎：唐弢先生担任主编以后，不但把《中国现代文学史》全书的框架迅速确定下来，而且明确了几位责任编委的分工：他要我负责绪论和"五四"这段，刘绥松先生负责"左联"这段，王瑶先生负责抗战这段，山东大学的刘泮溪先生负责解放区和解放战争这段，文研所的路坎先生也是责任编委，着重负责戏剧方面。

在事先征求编写组意见后，唐弢还规定了几条编写原则：一、采用第一手材料，反对人云亦云。作品要查最初发表的期刊，至少也应依据初版或者早期的印本。二、期刊往往登有关于同一问题的其他文章，自应充分利用。文学史写的是历史衍变的脉络，只有掌握时代的横的面貌，才能写出历史的纵的发展。三、尽量吸收学术界已有的研究成果。个人见解即使精辟，没有得到公众承认之前，暂时不写入书内。四、复述作品内容，力求简明扼要，既不违背原意，又忌冗长拖沓，这在文学史工作者是一种艺术的再创造。五、文学史采取"春秋笔法"，褒贬从叙述中流露出来，等等。这五条原则都很重要，尤其是一、二两条更加重要，是否照着做结果会大不一样。比如新诗集《女神》，诗人臧克家、张光年和一些学者都讲郭沫若在五四时期就已经歌颂马、恩、列这些经典作家了，可以算早期的具有初步共产主义思想的知识分子。我们一对照《女神》初版本，才发现不一样啊，原来第一版的《女神》只提到列宁，其他歌颂的都是资产阶级的政治家和思想家，并没有马、恩。到 1928 年，郭沫若革命化后，他把《巨炮之教训》《匪徒颂》这些诗都修改了，提出"为消灭阶级而战"。这样判断，事情就不一样了。现代作品有很多是作家修改过的，因此，读初版本而后加以比较、对照是非常重要的。再有，是要看这些作品发表的杂志，看杂志上是怎么发的，周围的情况是怎么样的。唐弢强调要感受"时代气氛"，不能孤零零地谈一个作品。唐弢开列了一批他觉得比较重要的刊物，让年轻学者读。另外，他还强调"春秋笔法"，主张教材最好是不要只突出自己的某种独特见解。你在自己的研究论文里是可以，但放在教材里最好用公众认可的见解。如果有个人的见解要写也可以，应先介绍不同的意见，然后可以说自己的意见。这些规定对教材的规范化，对年轻学者的锻炼成长，都是很有好处的。

但其实，编写中国现代文学史教材的条件在 20 世纪 60 年代还不是很具备。那时，东北批萧军的冤案还在，全国反胡风的冤案还在，文艺界那么多右派的冤案还在。左翼文学内部两派的宗派主义也还存在。很多问题无法碰，只能回避。尤其是

1958 年周扬自己发动的对"写真实论"的批判和 1959 年底、1960 年初对"人性论"的批判，直接影响到现代文学史上许多作家、作品的正确评价。我们编写组只能在当时条件许可的情况下，尽力设法做得好一点而已。

我们那个书（上册讨论稿）1964 年内部印刷了两百本，为征求意见，绝大部分都分发出去了，所以在"文革"中流传较广。到 20 世纪 70 年代末大学恢复招生后，竟被有的学校拿去半抄半改成为教材。北师大的蔡清富老师特别着急，他催促我们赶紧上马，重新组成编写组来修改上册和重写下册，争取快点出书。于是，在唐弢先生家里开了一次会。唐先生身体不好，就叫我来负责，请王瑶先生、陈涌先生做顾问，并吸收了北京师范学院的两位老师参加。将修改上册与重写下册的工作齐头并进。后来上册较快改完，分两册先出，下册一年后也写毕，1980 年印出。下册因为重写，反而放得开些。

贺桂梅：在写作过程中，不同作者之间有没有分歧，怎么协调？比如您与唐弢之间关于"现代文学"在理解上的分歧，有没有在具体的编写对象上发生一些争论？

严家炎：好像没有太大的分歧。至少 20 世纪 60 年代好像还没有出现，都是听唐弢的话，更上面是听周扬的话。到"文革"结束之后，开始重新解放思想的时候，有些问题上才出现不同看法。体现在《求实集》，我请唐弢为我写序，我说您有什么不同看法请您加以指点。他还是有不同看法的。我是认为

包括倾向国民党的那些文学，比如战国策派的文学，陈铨的
《野玫瑰》，抗战后期徐訏的《风萧萧》，民族主义文学，等
等，如果现在看起来有一些作品艺术上还可以的话也可以写。
现代文学史里不能光是左翼的文学，有些不同倾向的文学应该
写。体裁上来说，那些旧体诗可不可以写呢？我觉得应该写。
不光汉族文学，少数民族文学也应该写。在我们三卷本中，为
了要写少数民族文学，不要光写汉族作家和汉语文学，所以我
请段宝林——因为他做民间文学和少数民族文学的研究，写了
一些少数民族作家的内容。有几个少数民族作家的有些作品值
得写，比较好的有维吾尔族的几个作家，还有蒙古族的几个作
家，虽然蒙古族的不少作家已经是用汉语来写作。反正写到了
一些少数民族作者，其中有一些是少数民族语言写的、用汉语
翻译过来的，这还是一个新的开头。在此之前，没有哪一本文
学史写到少数民族现代作家，讲老舍那是因为他已经用汉语来
写。现代文学史里面真正写到少数民族作家的就是我们的三卷
本，20 世纪 50、60 年代唐弢先生主编的时候也还没意识到这
个问题。我们把它修改的时候，做了这些。

洪子诚：那你对唐弢先生的批评，就是他在《求实集》序
言中提出来的意见，你现在怎么看呢？因为他是主张不要把那
些旧诗词、通俗文学写到现代文学里边……

严家炎：我大体上还是保留我的意见。我觉得文学史里写
旧诗词的条件现在还没有成熟，将来是一定会写进去的。在新

诗之外还有旧体诗词，而且有些旧体诗词还很不错，比方鲁迅的、郁达夫的，写得相当好，这些将来总有一天会写。在三卷本现代文学史中，现在已经写到了一些，只是非正式地从侧面提到而已。我相信，将来的方向是所有艺术质量高的各式现代文学作品都可以写进去。

洪子诚： 那你认为 20 世纪的旧诗词里头也还是有跟现代意义的穿梭？

严家炎： 它的文体当然还是老的、传统的，但是它的内容是新的。你不能要求传统的文体在现代一概废除，我觉得这不太对。它的思想是现代的，当然也可以在现代文学里占有一角的地位，这是我的看法。

洪子诚： 那你现在同不同意王德威的那种看法，就是认为现代性或者说现代意义的文学在晚清时候已经出现了，因为你说鲁迅才是真正现代意义的，你在 1981 年谈鲁迅小说的那篇文章里头提出来鲁迅是真正现代意义的一个开端。

严家炎： 我赞成王德威他们的说法。其实，鲁迅的文学活动，他翻译西方小说，也是从晚清就开始的。不过，文学史上这个现代的开端应该是什么时候呢？在这一点上我不大赞成王德威他们的意见。他们说得比较晚，一般地认可到戊戌变法前后，梁启超他们这里。实际上，我觉得还要早起码十年左右。最早的应该是黄遵宪《日本国志·学术志》里面提到的"言文一致"、肯定"俗语"这类观念，它就是我们 20 世纪文学史的发端。那里面提出要让广大的国民群众——"农工商贾妇女幼稚"都有文化，文学也应该让国民都能读，这是在 1887 年。

贺桂梅：您还是很强调跟现代西方世界的关系？

严家炎：对。也是在 19 世纪 80 年代的后期，中国已经出现能够同西方文学、西方作家交流的人物，其代表就是陈季同。19 世纪的最后十几年实际上已经开始有了我们所讲的现代性文学。所以我觉得古代与现代的分界线应该划在 19 世纪 80 年代的末期，恰好中国最早的现代报纸《申报》也是 19 世纪 70—80 年代开始出现的，它是一种现代的传媒。光讲"文学现代化"不够。要讲"现代性"，汪晖他们后来介绍西方的这个观念，我赞成。这个概念比"现代化"要大一些，可以涵盖容纳的东西多一点，好多内容都包括进去了，包括现代的出版方式、现代的传媒等。

贺桂梅：您什么时候开始形成将"现代文学"确定为"与世界各国取得共同的思想、语言的新文学"这样的定义方式？

严家炎：我把"现代文学"定义为"与世界各国取得共同的思想、语言的新文学"，这是在三卷本《中国现代文学史》出版之后，大概是 1980 年下半年至 1981 年上半年这段时间内。那时我先后写了两篇文章，前一篇叫《现代文学史上的一桩旧案——重评丁玲小说〈在医院中〉》，后一篇叫《鲁迅小说的历史地位——论〈呐喊〉〈彷徨〉对中国文学现代化的贡献》。两篇文章实际上都是围绕文学现代化的问题而展开的，将"现代文学"定义为"与世界各国取得共同的思想语言的新文学"，就是在后一篇文章中正式提出的。

我为什么要写文章重评丁玲的《在医院中》呢？就因为1979 年我看到林志浩及其他的一两本现代文学史，仍有批判萧军的内容，还有很多地方是批判丁玲的。萧军的问题我已经写了文章，在这种情况下，我就开始为丁玲作品翻案。当时许多右派已经平反了，但丁玲还没有平反。她是 1979 年从山西回到北京的，她找了一些领导人包括胡耀邦在内，要求为自己平反。丁玲也去看过周扬，和他握了一下手，但是周扬只谈自己"文革"中吃的那些苦，谈到丁玲的具体问题时就哈哈哈的，没有说什么话。

贺桂梅：您重评丁玲《在医院中》时意识到上面这些情况没有？

严家炎：多少意识到一点。我开头读《在医院中》，连续读了三遍，都是被主人公陆萍的改革精神所感动的。她的"总不满足于现状"——绝不是她的过错，而正是她作为改革家的一大优点。陆萍与周围环境的矛盾，实质上是改革家的现代科学文化要求，与小生产者的蒙昧无知、褊狭保守、自私苟安等思想习气所形成的尖锐对立。《在医院中》正是站在无产阶级方面来揭露小生产思想习气同现代科学技术之间的矛盾的。丁玲在延安要把"五四"的启蒙精神引进解放区，我觉得这是她的功劳，而不是她的罪过。丁玲在延安整风以前发表她的杂文《三八节有感》《我们需要杂文》以及短篇小说《在医院中》《我在霞村的时候》，这些都是跟她要在解放区搞启蒙有关系的。都是为了反对封建意识和小生产思想的侵袭，都是要求文学现代化的表现。

贺桂梅：当时是在重读过程中对现代文学的定义有一些新的看法？

严家炎：是的，1981年纪念鲁迅百年诞辰，《文学评论》让我写一篇关于鲁迅小说的文章。我重读鲁迅小说，问自己：中国小说现代化从什么时候开始？当然应该从近代的曾朴和鲁迅他们这里开始。"文学现代化"这个概念不是我的发明，钱理群他们说是我提出来的，实际上"文学现代化"这个概念是从20世纪20、30年代的郁达夫，20世纪40年代的朱自清、冯雪峰他们那里就提出来了。应该说我仅仅是把他们的概念重新捡起来加以运用而已，我觉得它适合中国新文学的状况。

贺桂梅：请您简单介绍一下20世纪70年代后期80年代初期现代文学学科重建时期的一些情况，包括"现代文学研究会"的组织、《现代文学研究丛刊》杂志的运作等。据钱理群老师回忆，当时现代文学的许多具体工作是由您和樊骏两人主持的？

严家炎：现代文学研究会是 1979 年成立的。开始成立的时候叫作高校中国现代文学研究会。那时正好北大、北师大和北京师院三校中文系合编了一套现代文学的教学参考资料，目录已定，想征求意见，请了一批老专家如田仲济、任访秋、刘泮溪、吴奔星、华忱之和中年教师陆耀东等二十多人来开会。会议期间陆耀东等提出要成立高校的中国现代文学研究会。好多人都赞成。于是经过酝酿，就推出了王瑶先生当会长，田仲济先生为副会长，推我当秘书长，陆耀东是副秘书长。决定要出版一个我们学会的刊物。正在计划的过程当中，北京出版社的邓庆佑就主动上门了，他说他们已经和社科院文学研究所的人商量好了，要出版一个《现代文学研究丛刊》，高校的中国现代文学研究会可以成为主力。我就去找王瑶先生，结果王瑶先生同意我们几家合作。当年，《中国现代文学研究丛刊》就出版了。次年，社会科学院文学研究所的现代文学研究人员也都加入了中国现代文学研究会，于是"高校"二字就注销了，研究会就成了全国统一的学术团体。刊物从一开始就组成了包括全国中老年学者二十五人的编委会，由王瑶先生当主编，田仲济、任访秋和我当副主编，我管常务，看稿定稿。连着干了两年，才体会到这负担实在太沉重，建议改为在京编委轮流编辑的办法，我只看定稿。

到了 1984 年，在哈尔滨开现代文学研究会年会的时候，有一天王瑶先生找我到他房间里去，田仲济先生也在，他们向我提出：我们这些年岁大一点的人精力不够，要由中年人多做些学会里具体的事情。他们俩认为我合适，希望我答应下一届起做副会长。可是我当时想了一下，觉得很困难。因为1984年春天我刚刚担任北大中文系主任，而且我还兼着大百科全书现当代文学分支的副主编，要起草和编写条目，那也是很烦琐的事情。我又是国务院学位委员会语言文学学科的学科评议员。这样三四个身份都重叠在一起是吃不消的，而且我的行政能力又很低。所以我建议副会长由樊骏先生担任。因为樊骏有几个长处，一个是点子很多，一个是做事认真，当时也没有担任其他职务，我觉得他来当最合适。王、田两位先生考虑后接受了我的意见。这样学会和刊物方面有所分工，樊骏考虑学会方面的具体事情，我就负责刊物的具体事务。王瑶先生是主编，但是不让他看常规的稿子，如果特殊的有疑问稿子，就请他看。我们两个都当王瑶先生的助手，一个在学会方面，一个在丛刊方面。后来，大百科全书也已经进入要看稿、改稿的阶段，我就卸去了副主编，只当编委，这样稍微省事一点，可能两年才能轮到一次。

贺桂梅：有一种说法认为"两代人"的相遇，也就是王瑶等20世纪30、40年代接受教育的民国学者与陈平原、汪晖等"文革"后进入大学的研究生这两代人的相遇，对20世纪80年代文学研究格局的变化产生了很大影响。您是20世纪50、60年代受教育并成长起来的一代学者中间成就非常突出的一位，您怎么看待您这代人的历史地位和所做的学术工作？

严家炎：我觉得"代"的划分不必考虑得太清楚。逐代传承和隔代相遇，这两种情况都会见到。20世纪50、60年代受教育的学者有自己的局限和弱点，但他们在学术上还是起着承前启后的作用。比方说，黄子平很优秀，他的导师谢冕先生是20世纪50年代受教育的。葛兆光的成就相当突出，导师金开诚先生也是20世纪50年代出来的。葛晓音的成就为人称道，她的导师陈贻焮先生还是20世纪50年代毕业的。这些例子都不算隔代传承吧。事实上，从唐弢、王瑶先生那一辈人来说，由于年岁、精力的关系，到20世纪80年代中期以后，学术上的成果已比较少了。所以，如果要分"代"的话，应该说还是三代人的合力，才勉强弥补和消除了"文革"十年造成的文化断层。

阅读史：文学经典的一份书目

贺桂梅：您在很多地方提出文艺批评应当是思想性与艺术性的统一（也包括理想与现实的统一），并且您也认为自己是一个热爱文学的"痴情者"。我们很想知道您最喜欢、同时认为艺术价值很高的文学作品有哪些？中国文学与西方文学的作品都可以。

严家炎：这个很难，让我来开列的话其实是有片面性的，当然我可以说一些个人的看法。比方说鲁迅，我最喜欢的，第一个是《孔乙己》。这也是鲁迅自己最喜欢的，一篇三千字的小说，篇幅这么短，在今天简直是小小说似的，但是写得那么好、那么出色，所含的容量那么大，已经有复调那种味道了。另外是《阿Q正传》。竹内好说鲁迅的小说好像是椭圆形的，有两个圆心，我觉得他在艺术上的看法是很准的，把鲁迅小说的特点都说出来了，我所以说它也可以叫"复调小说"，道理也就在这里。它是仿佛有两个圆心的，在一些人物身上体现的感情很复杂。对阿Q既同情又讨厌。阿Q是自己翻身了就要踩到别人头上，如果他的革命成功了，就要做未庄的统治者，他把别人打倒了或者杀了。小D他可能留下来，帮他搬床、搬家具。（笑）但是王胡这些人跟他打过架，他是要杀的，富豪他当然是要杀的，其他人他也是动不动要杀，他就是一个土皇帝。鲁迅对这种状况是非常悲痛的，批判得最厉害的就在这一点上。这种思想不但阿Q有，而且鲁迅说二三十年以后恐怕还有。真深刻！

作品我是喜欢《孔乙己》《阿Q正传》《铸剑》《死水微澜》《子夜》。《子夜》我认为不能简单地说它概念化。

洪子诚：《蚀》三部曲，就是《幻灭》《动摇》那些是不是更好一些啊？

严家炎：《蚀》三部曲是相当不错的。还有《围城》《雷雨》《北京人》，张爱玲的《金锁记》，巴金的《寒夜》《憩园》，沈从文的《边城》，老舍的《骆驼祥子》《茶馆》《正红旗下》，萧红的《呼兰河传》，路翎的《平原》，还有像姚雪垠的《李自成》。

《李自成》我是不赞成"高夫人太高，红娘子太红"那种看法的。有人说高夫人就是江青，是姚雪垠拍江青的马屁。我觉得有些评论者太不负责任，怎么能说这种话呢？历史上高夫人的记载不多，但还是有一些。高夫人是在李自成死了十几年之后，还能率领大顺军和南明联合起来抗清的人物。清朝初期西南这一角不是清朝的，是南明和大顺朝的政权。南明的大臣见到高夫人时还要下跪尊她为皇太后。你想，一个女性坚持武装斗争十几年不垮台，这是个简单的人物吗？所以我觉得对《李自成》这个小说的看法应该实事求是一点。《李自成》里有没有"左"的影响呢？这倒可能有。原来讲中国封建社会只有农民起义才是历史发展的动力，这种说法对姚雪垠有没有影响？可能有，但是不重。我看过十几种明末清初的野史，许多野史里记载李自成就是一个相当杰出、了不起的人物。他周围有七八个、十来个人，都是一起商量问题，不是一个人哇啦哇啦指挥，而是有一点民主作风的，毕竟明朝后期确实有一些资本主义萌芽了。

贺桂梅：您比较强调从小说和历史人物的关系这个角度来看待《李自成》的艺术性？

严家炎：不仅从这一方面，还有艺术上的成就，它在艺术上有多方面的贡献。中国当代长篇小说里，要讲小说的结构艺术，《李自成》是最成功的，线索那么繁多，内容那么复杂，结构宏大却又收纵自如。如果说现代长篇小说里结构最成功的是《子夜》的话，那么当代长篇小说就是《李自成》。而且它比《子夜》更有所发展。你可以研究一下，我敢有把握地说这话：最成功的是《李自成》。人物方面，写崇祯皇帝的内心，写他的复杂性，这么复杂的形象把握得那么有分寸，那也只有《李自成》才达到了。它在语言方面也相当成功。但是不平衡，在姚雪垠手里《李自成》还没有完整地完成，现在由他原来的助手做了一些增补和调整、变动，姚雪垠原来过分铺开的地方，他稍微压缩了一些内容，显得更完整。姚雪垠对四卷、五卷都只写了一部分或一大部分，并没有按照他原来的意图写完，但我还是认为《李自成》是当代小说里最成功的一部。有"左"的地方，并不是没有，但应该恰如其分地估计它的成就和弱点，这样比较好。

写农业合作化最成功的还是《创业史》，不是《山乡巨变》。最近讨论德国学者顾彬的《二十世纪中国文学史》，他是把《山乡巨变》举出来。我说这个不对，《创业史》要比《山乡巨变》高很多，它在成就和毛病两个方面都有代表性，最有代表性的还是《创业史》。

金庸的《笑傲江湖》，我认为也可以作为一部成功的作品在这里举出来。武侠小说却用了很多象征手法，它不是影射，它是用了很多象征性的描述。而且有几个典型人物写得非常成功，像华山派君子剑岳不群，能把伪君子写到那么深的层次，不容易。到后来《鹿鼎记》其实已经不是武侠小说了，那是有点浮世绘的味道，再加上滑稽的成分。韦小宝这个人物有他的意义和独特性，这个人物身上包括了现代社会中还会出现的东西，金庸自己说是在生活中看到了韦小宝式的人。

贺桂梅：您后来从事金庸研究，是否和您要求将"现代文学"的含义扩大至"现代以来的文学"尤其是应当包含通俗文学在内的观念有关？

严家炎：有点关系。在我的概念里边，20世纪中国文学应该包括一些优秀的通俗文学。我对通俗文学商业化的那一面是想做点限制。商业化有的是很低级的，低到了无聊的地步，包括后来当代文学里出现的棉棉、卫慧她们。金庸研究在大陆冯其庸是最早的，20世纪80年代中期他在丁玲编的刊物《中国》上就已经提出来了。他认为金庸小说很了不起，将来完全可能成为名著，他评价得很高。我已经晚一点了，在20世纪90年代。我也是受同学的推动，同学当中当时看金庸小说已经很热了。

洪子诚：20世纪90年代中呢，还是20世纪90年代初？

严家炎：应该是1991年。我是在20世纪80年代开始读金庸小说，但是1991年我到美国斯坦福做了十个月的研究，借金庸小说比较多。大部分的金庸小说都是在那里看的。

洪子诚：你看了感兴趣吗？我怎么看了就不感兴趣……（笑）

严家炎：我感兴趣。我觉得你的观念还没有扭过来。我几乎是天然地就接受了，六七岁就开始看小说，各种各样的小说都看。

洪子诚：你是把它当作学问来看感兴趣，还是你读的时候就觉得有趣呢？

严家炎：读的时候感觉有兴趣，同时我觉得这个现象也值得研究。我感到很突出的一点是，金庸小说用通俗的文类、通俗的形式，写出了现代的精神，跟我过去读的那些武侠小说不一样，很不一样。我过去读的那些武侠小说偏得很厉害，清朝的皇帝都是鞑子，都是坏人，"反满"这种倾向很重，一直到民国时期有的武侠小说还有这种味道。金庸那里就不一样了。如果说最早的《书剑恩仇录》还体现了一点偏见：清朝最好的皇帝之一乾隆原来是个汉族，被调包的汉族，他让汉族去当清朝的皇帝了，这里边还有一点偏见。到《碧血剑》以后就大大地改变了，他是自觉地用民族平等的态度来写武侠小说。新中国成立以后周恩来总理主张纠正"满清"这个说法。明朝应该说"汉明"吗？或者"汉宋"？有这个叫法吗？没有。既然汉族当皇帝的朝代没有加上个"汉"字，那为什么要在清朝前加个"满"字呢。我觉得周恩来总理说得有道理，他还肯定了清朝有几个贡献，说它做到了"一统"，这一点就连汉族当皇帝的朝代也没有完全做到。清朝在人口增长和文化昌明方面也是有相当的贡献的。我觉得金庸有意无意受到了这些观点的影响。周恩来总理这些在 20 世纪 50 年代的讲话，直接影响到的科研成果就是刘大年的《论康熙》。这篇文章在学界引起了很大的注意，就连国际上也很注意。

贺桂梅： 当时费孝通他们的民族理论影响大吗？

严家炎： 不是很有影响，因为他们是在社会学里面的。在历史学里边，《论康熙》产生很大影响。而且周恩来总理讲话以后还有另外一位学者，把金代开国皇帝完颜阿骨打也写论文肯定了，有专门的文章。这些都是很好的事情，表现了学术界的思想解放。而金庸竟然能够运用这一观点来写少数民族，写各民族一律平等，很了不起，这是一种现代精神。再有，过去的武侠小说写杀人，是不当一回事儿的。从《水浒传》起就是那么写，《水浒传》也可以说是一种武侠小说，杀人、杀丫鬟、杀佣人好像都不算一回事儿。到了金庸的小说，他开始自觉地改变这种观念。他有的时候也写杀了好多人，但是有杀人之后的忏悔。比方郭靖，甚至忏悔到觉得自己学武都学坏了，他忏悔自己杀了太多的人，这些都是好事。像《天龙八部》，同时写了宋、辽、西夏、大理、吐蕃，都写进去了，他有意地去这么做，这些都是现代精神。所以我主张要把金庸放进现代性的文学里边来。

贺桂梅： 您刚才谈的都是国内的作品，国外的呢？

严家炎： 外国的我还是喜欢那些经典性的，比方说雨果的

《悲惨世界》《九三年》，巴尔扎克的《欧也妮·葛朗台》《高老头》，托尔斯泰的《复活》《安娜·卡列尼娜》，狄更斯的《双城记》，卡夫卡的《城堡》，当代的《百年孤独》《静静的顿河》，这些我都喜欢。

贺桂梅： 有没有小说是您现在还放在枕边看一看的？（笑）

严家炎： 我现在根本没有时间看小说。陈忠实的《白鹿原》我觉得也还是不错的。当然它有厚重的地方，也有浅的地方，不平衡这个问题是存在的。

洪子诚： 因为我从来没有正式听过您讲课，所以这次我是来听讲课的。（笑）您讲得真是很不错。缜密、扎实，我们做学问都做不到这样的。

贺桂梅： 讲得跟稿子似的。（笑）谢谢您接受我们的访谈，辛苦了。

说明：本访谈稿经严家炎先生本人审阅、校订。吴舒洁、顾虹两位研究生协助进行录音和整理。特此致谢。

原载《文艺研究》2009 年第六期